浅草鬼嫁日記　十一

あやかし夫婦は未来のために。（下）

友麻　碧

富士見L文庫

目次

浅草鬼嫁日記 ◉ 登場人物紹介

あやかしの前世を持つ者たち

前世
鵺

夜鳥(継見)由理彦
（やとり（つぐみ）ゆりひこ）

真紀たちの同級生。人に化けて生きてきたあやかし「鵺」の記憶を持つ。現在は叶と共に生活している

前世
茨木童子
（いばらきどうじ）

茨木真紀
（いばらきまき）

かつて鬼の姫「茨木童子」だった女子高生。人間に退治された前世の経験から、今世こそ幸せになりたい

前世
酒呑童子
（しゅてんどうじ）

天酒馨
（あまさけかおる）

真紀の幼馴染みで、同級生の男子高校生。前世で茨木童子の「夫」だった「酒呑童子」の記憶を持つ

前世からの眷属たち

《酒呑童子四大幹部》

熊童子
（くまどうじ）

虎童子
（とらどうじ）

いくしま童子
（どうじ）

ミクズ

《茨木童子四眷属》

深影
（みかげ）

水連
（すいれん）

木羅々
（きらら）

凛音
（りんね）

周辺人物

おもち

津場木茜
（つばきあかね）

前世
安倍晴明
（あべのせいめい）

叶冬夜
（かのうとうや）

未来。

それは、予測のできない、この先のこと。

両親はどうして、僕に〝未来《みらい》〟なんて名前をつけたのだろう。

きっと、色んな願いを込めてつけてくれたのだと思う。

途方もなく前向きで、希望に満ちた名前をつけたはずなのに、僕はきっといい子ではなくて、両親は僕のことが心底嫌になって、何もかもなかったことにした。

わかり合う。一緒に生きる。

そんな未来の可能性も、僕とともに捨て去った。

どうして僕は生まれてきてしまったんだろう。

こんなにも。こんなにもこんなにも、こんなにも。

憎まれて恨まれて、周りに不幸を撒《ま》き散らすだけのどうしようもない奴が。

親にも捨てられるような、害悪でしかない人間が。

唯一、心から大事だと思った女の子すら、この手で斬った。

あの子は僕と違って、多くの者たちに愛され、必要とされていた。

そういう、世の中にとって必要とされている人間を傷つけ、のうのうと生き延びているのがこの僕だ。

僕は今すぐ死ぬべきだ。

僕こそが、地獄《じごく》に落とされ、閉じ込められるべきだったのだ。

そして永遠に、その牢獄《ろうごく》から出すべきではない。


だけど、まだ、死ぬことは許されない。

こんな僕にも、一つだけ未練があるから。

それは僕が、地獄に落ちる前に、絶対に、やり遂げなければならないこと。

僕がこの手で、倒さなければならなかったもの。


あの子を苦しめ続け、僕を利用し続けたミクズ様を、この手で討ち倒す——


それで君に、償いきれるなんて思っていない。

だけどせめて、君たちが傷つく代わりに、僕が終わらせたい。

君たちが無事に生き残って、幸せになる未来のために。
そのために生まれてきたのだとしたら、まだ、僕が生かされている意味もあるから。

命をかける。
僕に未来なんてなくていい。
全てが終わったら、誰にも惜しまれることなく、一人で消える。
だから、その前に、もう一度だけあの子に会いたい。
会って、謝りたい。
僕なんかが生まれて、君の前に、現れてしまったことを。

第一話　大魔縁玉藻前

私の名前は茨木真紀《いばらきまき》。

千年前に名を馳《は》せた鬼・茨木童子《どうじ》の生まれ変わりだ。

その日〝浅草《あさくさ》〟は、ミクズの解き放った常世《とこよ》の対人間兵器・黒点蟲《こくてんちゅう》によって蹂躙《じゅうりん》され、人間にとって有害な妖気で満ちていた。

浅草は封鎖され、そこで平和に暮らしていた人間たちは皆、避難を余儀なくされていた。

また浅草のあやかしたちは、ミクズの手下によって多大な被害を受け、カッパーランドに籠城していたのだった。

そして、私たちは千年の因縁に決着をつけるつもりで、そこにいた。

裏浅草と呼ばれる、狭間《はざま》結界だ。

地獄《じごく》で再会して以来、離れ離れだった私と馨《かおる》は、裏浅草の隠し狭間〝大ガシャドクロの眠る海〟でさらなる再会を果たした。

そこで話をしていた途中、馨の持っていたスマホの獄卒アプリなるものに、妙なメッセージが届いたのだった。

送られてきたのは、裏浅草の最深部に至る地図と、簡易なメッセージ。


〝地獄の果てで待つ〟


送り主は〝小野篁《おののたかむら》〟。

私には、何のことだかわからなかった。

しかし馨はハッと驚いたような顔をして、慌ててその地図の場所を目指すと言い出したのだった。

小野篁は、叶《かのう》先生の前世の一つ。

要するに、このメッセージを馨に送ったのは、叶先生なのだった。

私たちはこの時、こんなことになるなんて思ってもみなかった。

叶先生がそこにいるのなら、何もかも、大丈夫なんじゃないかとすら、思っていた。

私たちは裏浅草の最深部に降りて、知らない宮殿の玉座の間にたどり着く。

そこで叶先生と式神の葛《くず》の葉《は》、そしてミクズを見つけ、彼らを巡る常世の〝九尾狐《きゅうびのきつね》〟

の因縁を知る。

その会話、過去の経緯を、全て聞いてしまう。

そして、叶先生は……

「叶……先生……」

今、金色に輝く光の蟲《むし》によって食い尽くされ、この場から、跡形もなく消えてしまった。

私には、何が何だかわからなかった。

彼がいったい、何をやってのけたのか。

どうして消えてしまったのか。

ただ、叶先生が最後に残した言葉だけが、私の心の深い場所に突き刺さっている。

叶先生は私たちに言った。

『お前たちはただ、愛する者が生きるこの世界を、ひたすら守ると誓え……っ！』

彼の口から〝愛〟という言葉を聞くなんて思わなかった。

だが、最後の叶先生の表情は、今まで見たことないくらい慈愛に満ちていて、穏やかで、自由だった。

「クズノハめ。セイメイめ！　死してなお妾《わらわ》の邪魔をするつもりか！」

ミクズの怒り狂った声によって、ハッと、意識が現実に戻された。

大魔縁《だいまえん》と化したミクズは、その姿を暗黒色の禍々《まがまが》しいものに変貌させ、憎悪でできた妖気、そして腐臭をこれでもかと垂れ流している。

これは、強い憎しみを糧に、保持する霊力の陰陽《おんみょう》の逆転で起こる悪妖《あくよう》化。

醜くも美しい、あやかしの成れの果て。

かつての、大魔縁茨木童子と同じだ。

「どういうことよ……叶先生が死んだって……っ」

私には、ミクズの言葉が信じられなかった。

「どういうことよ！」

もう一度叫ぶ。

ミクズは黒い唇に弧を描き「ふふ」と笑い、黒く細い指を二本立てた。

「あの男には、元より二択しかなかったのです。その命をもって妾を地獄の業火で焼くか、外の黒点蟲を祓《はら》うか……」

「…………」

「愚かなセイメイ。浅草など捨て置いて、一部の人間たちなど見捨てて、妾を焼けばよかったものを……結局、妾を置いて、己の生み出した黒点蟲を祓うのですね」

それって……

叶先生は、浅草を守るために、自らを犠牲にしたということ？

「しかし、そうはさせぬ」

ミクズは笑みを浮かべながらも、少し焦っているようだった。

浅草の空を覆う黒点蟲を祓われると、現世《うつしよ》侵略という、ミクズのミッションは達成されないのだ。

「!?」

彼女は黒く巨大な影のごとく、煌《きら》びやかな宮殿のように思える空間の、床や壁を素早く這《は》う。

そして高みにある、玉座に置かれていたあるものを、大事な大事な宝物のように両手で持ち上げた。

そう。酒呑童子《しゅてん》の首を――

「あと少しじゃ。あと少しで、妾の望みが叶《かな》う」

奴が酒呑童子の首を抱き、その頬を撫《な》でるのを見た時、ドッと自分の鼓動が高鳴るのがわかった……

「それは元々俺のものだぞ。返せ、ミクズ」

前世の首を前に、馨は冷静でいようとしていたが、その声は低く、彼の纏《まと》う霊力は怒りで満ちていた。外道丸《げどうまる》を握りしめる手に、これ以上ないというほど力が籠《こも》っているのがわかる。

しかしミクズは、煽《あお》るような口調で、

「返さぬわ」

私たちを高みから見下し、嘲笑した。

「千年前の伝説の鬼、酒呑童子。伝説は千年後の現代にも轟《とどろ》き、誰もが一度は聞いたことがあるであろう、名声を得る」

「…………」

「しかし、天酒《あまさけ》馨。貴様はもういらぬ。この首が妾のものとなれば、貴様のような鬼でも人でもない半端者、これから先、酒呑童子と呼ぶ者はいなくなるだろう」

「ミクズ。お前、何を言って……」

馨の戸惑いより先に、私は駆け出していた。

彼の真横を一瞬の風のごとく走り抜け、ミクズに向かって――

「返せ、ミクズ」

刀を振り上げ、懐に飛び込む。

私は、ミクズという裏切り者がそれを胸に抱き、今もなおあの方を侮辱していることが我慢ならなかった。

「返せ。それはシュウ様のものだ――」

弧を描いた刃が私の霊力を帯びて鋭さを増し、躊躇《ためら》いなど微塵《みじん》もないまま、ミクズの首を斬り落とす。

ミクズの頭部が、ボトリと音を立て、段差を転がって落ちる。

まるで黒い椿《つばき》の花が、もげて地面に落ちるがごとく。

しかしその胴体は倒れることなく、今もまだ酒呑童子の首を抱きしめて、同じ場所に立っていた。

「ふふ。ふふふ……。首を落としたくらいで、大魔縁と化した妾が死ぬとでも？　愚かな茨木童子よ」

ミクズの嫌な声が、脳内に染み渡るように響いた。

それと同時に、ミクズの首の断面から黒い靄《もや》のようなものが溢《あふ》れ出て、新たな首が生えてきたのだった。

私が斬り落とした首は、シワシワと枯れて、やがて黒い炭になって砕けてしまった。

あり得ない。

異様な光景を目の当たりにし、さっきまで怒りで我を忘れかけていた私ですら、ゾッと怖気《おぞけ》に襲われてしまう。

そして咄嗟《とっさ》に、馨の側《そば》に戻った。

「ねえ、嘘《うそ》でしょ。首を落としても死なないなんて」

「再生能力があるのか？　冗談はやめてくれよ……」

本当に、馨の言う通りだ。

冗談はやめてほしい。まるで、酷《ひど》い悪夢を見ているみたいだ。

どんなに頑丈で強い大妖怪でも、首を落とされれば、大抵は死に至る。それがあやかしの常識でもあり、弱点でもあった。

酒呑童子もそうだった。だから首がここにある。

あの、大魔縁茨木童子でさえ、そんな能力はなかったのに……っ！

「……ふふ。誠に愉快じゃ」

ミクズは私たちの驚愕《きょうがく》した表情に、ご満悦だった。

この女狐《めぎつね》は、大妖怪の一線をも越えた、究極の存在になってしまったというのだろうか。

当のミクズは、再び生えてきた首を少し捻《ひね》って具合を確認した後、切れ長の目をこれでもかと細め、私と馨を交互に見た。

「大魔縁の妾に、弱点などありはせぬ。お前たち人間ごときが、妾に敵《かな》うと思うな」

そしてミクズは、抱いていた酒呑童子の首を長い袖の中に隠した。

「シュウ様の首を……返せ……っ」

「やめろ、真紀！　暴走するな！」

怒りに我を忘れそうだった私の肩を、馨が強く引いた。

馨の手に込められた力が尋常じゃなく強く、彼の必死さが伝わってきた。

だから私も、ハッとなって立ち止まった。

「叶が地獄で言っていた。ミクズは死ねば死ぬほど強くなると。今が最後の命で、なおかつ大魔縁となって霊力値を倍加させたんだ。ここまで来れば、そう簡単に死なねえってことだろ」

「……そんな……」

なら、どうやってあいつを倒せばいいというのか。

叶先生もいない中で、どうやって……

「おほほ。おほほほほ。酒呑童子、茨木童子。千年前に国を失った、悲しみと絶望を思い出すがいい」

「…………」

「妾は再びお前たちから奪う。故郷も、愛する人々も。だがお前たちは妾を止めることなどできない。妾にとって、死はとても深い場所にあるのだから」

高笑いするミクズの、勝利を確信したような恍惚《こうこつ》とした笑みを前に、私も馨も、それを否定することができなかった。

絶望というのならその通りだ。そんな感情を、私たちは抱かずにはいられなかった。

「セイメイも馬鹿な男じゃ。妾を地上に呼ぶということは、浅草を破壊することと同義だというのに……」

そう言いながらも、ミクズはまだ、叶先生を警戒しているように見えた。

「まあよい。それが望みなら壊してやろう。黒点蟲はもう、妾の手を離れた」

ミクズは何かを確信し、そのまま、黒い靄の中に姿を晦《くら》ませた。

彼女が裏浅草に引き籠っていた理由は、黒点蟲の展開を誰にも邪魔されず、霊力を注ぐことに集中していたから……だったのだろうか。

私も馨も、その場に置いてけぼりで、何もできなかった。

「馨、ミクズが消えたわよ!」

「わかっている。あいつ、地上へ行くと言ったな。なかなか最悪の事態じゃねーか。叶のやつ、いったい何を考えて……」

そう言いつつも、馨は頭を抱え、叶先生の意図やなそうとしていることを、必死になって考えているようだった。

あの男が、むやみに浅草を脅かすようなことはしないと、わかっているから。

私はそんな馨に、問う。

「ねえ馨。叶先生は本当に……本当に、死んでしまったのかしら」

命を賭して、何か、大きな術を使った。

私にはあの場面が、そう見えた。

きっと馨も同じだと思うのだが、彼は神妙な顔つきでありながらも、叶先生が「死んだ」と断言はしなかった。

「俺にもよくわからない。だが、千年前、俺たちをあんなに追い詰めた男が、そう簡単に死にやしねーよ」

私は目をパチクリとさせた。

馨は叶先生に対し、もう何の憎悪も疑念もないようで、清々《すがすが》しいまでに、あの人を信じている目をしている。

「地獄で叶先生と何があったの？」

「あ？　何があったってか……獄卒の、上司と部下の関係だ。さっきも話しただろ」

「…………」

由理《ゆり》だけでなく、うちの旦那まであいつの部下に……

色々と思うところはあるけれど、呑気《のんき》にしている場合ではない。

厄介なことになってしまった。

何をしても死なない大妖怪が生み出された。

だけど、浅草が……人間の世界がめちゃくちゃにされる前に、どうにかしなければならない。

何としても奴を討ち倒す。

私たちの因縁にも、もう決着をつけなければならないのだ。


裏浅草の最深部に辿《たど》り着き、そこが最終決戦の地になるかと思いきや、叶先生とミクズの駆け引きの末、すぐに表の浅草に戻らなければならなくなった。

というわけで、馨の狭間結界術と裏浅草のマスターキーを駆使して、私たちは最短で地上に戻る。

「……ここは、浅草寺《せんそうじ》？」

最後の鍵を開けて出た先は、浅草寺の本堂だった。

本堂から、広い境内を見下ろす。

いつもガヤガヤと騒々しく、観光客でごった返しているこの一帯が、今では人っ子一人いない。

仲見世《なかみせ》通りの一本道はガランと開けて見通しが良く、商売をしている途中で避難勧告が出たのか、軒を連ねる店のシャッターが、開けっ放しのままだった。

だからこそ、今朝までの営みが垣間見える。

ここに多くの人がいて、地元民も観光客も入り交じり、いつも通りの浅草寺の賑《にぎ》わいがあったはずだ。

そんな日常が、今や遠く、夢のようだ。

「!?」

どこからか、ゴーン、ゴーンと、鐘をつくような音がする。

浅草寺の鐘の音……?

いや、何の音だろう。もっとずっと、高く遠い場所から聞こえてくる気がする。

「……見ろ、真紀」

馨が空を指差した。

ぐるぐるととぐろを巻いた黒い雲……密集して旋回する黒点蟲たちが、均一だった動きを乱しているように見えるのだ。

黒い渦を乱していたのは、金色の光波だ。

「あれは……何?」

黄金の光波は、ゴーン、ゴーンという鐘の音に合わせて、同じ方向から繰り返し繰り返し、波紋のごとく空に広がっていく。

その度に黒点蟲も少しずつ、空から剝がれ落ちているように見えるのだ。

「いったい、どこから……」

「方向から見て、おそらく東京スカイツリーだろう」

馨が本堂を駆け下りて、境内を走る。

スカイツリーのよく見える場所まで行くと立ち止まり、じっと空を見ていた。

私も馨と同じ場所まで行って、目を大きく見開く。

東京スカイツリー。

この国で最も高い建造物であるこの電波塔は、東京全土の結界柱の役割も果たしているが、その塔の先端に、環状の金色の雲が浮いていた。

あれは、最後に叶先生を食った、金色の蟲《むし》だ。

その黄金の蟲が東京スカイツリーの先端に群がって、円を描くように飛び交い、光を帯びた鱗粉《りんぷん》を撒《ま》いているのだ。

その姿は、本当に、黄金の葉をつけた大樹のよう。

「そうか。叶の式神の葛の葉……クズノハは、最期に神便鬼毒酒《じんべんきどくしゅ》を飲んでいたな」

「え？」

「おそらく、あの金色の蟲の鱗粉には、霊力を封じる神便鬼毒酒の効果が反映されている。それが叶の力によって命令の術式を帯び、黒点蟲を無力化して、妖気を祓《はら》っているんだと思う」


――

馨は見ただけで状況を分析し、把握した。

神便鬼毒酒。それは確かに、霊力を封じる常世の対あやかし兵器だ。

私たち大江山《おおえやま》のあやかしたちが破滅する原因となったものだから、忘れるはずもない。

だが、神便鬼毒酒の強力な効果を逆手に取り、それを含んだ鱗粉が、黒点蟲および害悪な妖気を打ち消しているのであれば……それは凄《すご》い策だ。

叶先生とクズノハは全てを見越し、神便鬼毒酒を手に入れるために、あえて裏浅草のミクズの元に向かったのだろう。

「叶先生……」

叶先生とクズノハが、最後に解き放った希望。曇天を払う光。

その光を、鐘の音で操作し、広範囲に響かせている。

今になって、グッと、感傷的な気持ちが湧き上がってくる。

叶先生にはずっと、複雑な感情を抱き続けてきた。

現世で再会してからは、度々、敵対心ばかり向けてきた。

だけど結局……あの人の行動の何もかもが、私たちのために行ってくれたことばかりだったのかもしれない。

あの人は、私たちに言ったもの。

お前たちを幸せにするためにここに来た――と

「⁉」

その時だった。

突然、真上から凄いスピードで近づく気配があり、浅草寺本堂の前の広場に、巨大な黒い塊が落下し、激突した。

衝撃音が響き、地面が揺れ、突風が吹く。

落ちてきたものが何なのかわかるとすぐに、私は血相を変えて駆け寄った。

「ミカ！」

そう、私の眷属《けんぞく》の一人である深影《みかげ》だった。通称ミカ。

ミカは本来の姿である巨大な〝八咫烏《やたがらす》〟になっていて、今まさに、飛行中の空から落下したようだった。

「どうしたの、こんなに傷だらけで！」

「……茨姫《いばらひめ》様……申し訳ございません……」

ミカは弱っていたものの、あれほど強く体を打ち付けたのに命に別条はなく、語ることはできるようだった。

「浅草の上空の黒点蟲が妙な動きをし始めたので、その様子をうかがうために空を旋回していたところ、ミクズの攻撃を受けました。あれが……あのような禍々《まがまが》しいものが、ミクズであるのなら、ですけど……」

最後のところを、言い淀《よど》むミカ。

しかし確かに、ミカの傷口からミクズの禍々しい妖気の臭いがする。

闇色に染まった、腐臭漂う、世にも悍《おぞ》ましい狐《きつね》のあやかしだった。

そう、ミカは語った。

「ええ。それはミクズで間違いないわ。ミクズは……ミクズは、悪妖化して、大魔縁になったの。私の時と、同じように」

ミカはチラッと私を見た後、大人びた口調で「そうですか」と答えた。

「でも、大丈夫です。このくらい、僕はへっちゃらです」

そう言って、ミカはいつもの人間姿に化け直した。

かなり霊力を消耗していて、体のあちこちが傷だらけだ。平気なはずはないのに、私を心配させまいとしたのだ。

その傷は、きっとミクズから受けたものだけではない。

ずっとずっと、地上で人間たちのために戦ってくれていたのだろう。

「深影。手負いのところ悪いが、ミクズは今どこにいる？」

馨が深影に問う。

「酒呑童子様。ミクズは今、陰陽局《おんみょうきょく》の退魔師たちと交戦中です」

「交戦中？　陰陽局があれと戦ってるのか⁉」

「そんな、無謀だわ！　大魔縁はただの妖怪じゃない。少しでも触れれば、普通の人間なんてたちまち呪われてしまうわ！」

馨も私も青ざめてしまう。

人間の退魔師たちに甚大な被害が出てしまうのではないかと、嫌な予感がしたのだ。

「おっしゃる通り、人間の退魔師たちは一撃で大魔縁を倒す方法を持ちません。しかし代わりに、部分的な〝封印〟を試みているようです」

「部分的な封印？」

「ええ。その……」

深影が説明を続けようとした時、馨がいち早く急接近する気配に気がついて、私と深影を抱きかかえてその場から退いた。

間一髪で、私たちがさっきまでいたところに、またもや空から巨大な何かが落下し、激突する。

その衝撃波が、黒く禍々しい妖気を一帯に撒き散らした。

「ゲホゲホ」

あまりの妖気に、思わずむせてしまう。

身体《からだ》中を、針で刺されたかのような痛みが走る。

息をするだけで喉が焼ける。

私たちでさえこれなんだもの。ただの人間だったら即死レベルの妖気だ。

そう。落ちて来たのは、紛れもなく、大魔縁玉藻前《たまものまえ》——

しかしその姿は、私たちが裏浅草の最深部で見たものとは違い、巨大な黒い獣……四肢をもつ妖狐《ようこ》の姿をしていた。

悪妖特有の黒い靄《もや》を纏《まと》い、それをゆらゆらと揺蕩《たゆた》わせている。

その妖狐は、体のあちこちに陰陽局の霊符が貼られていて、一時的に動きを封じられているようだった。

「!?」

いつの間にか、本堂や、周囲の建造物の屋根の上に、狩衣《かりぎぬ》を纏った陰陽局の退魔師たちが集っていた。

ほとんどは顔面に紙のお面をつけていて、素顔を晒《さら》さないようにしている。

素顔を晒さないことで、あやかしの呪いを部分的に避ける効果があるのだが、しかしすでに何人か手負いで、大魔縁の呪いに蝕《むしば》まれているのがわかる。

それでもなお、退魔師たちは怯《ひる》むことなく、大魔縁を調伏しようとしていた。

「オン・アロリキャ・ソワカ……オン・アロリキャ・ソワカ……」

「オン・マコキャラヤ・ソワカ……オン・マコキャラヤ・ソワカ……」

観世音菩薩《かんぜおんぼさつ》と大黒天《だいこくてん》。

浅草寺の二大神の力を借りる真言が左右から響き渡る。

その真言が重ねられる度に、大魔縁玉藻前の体に貼り付けられた霊符が呼応するように点滅し、効力を発揮させているようだった。

先ほど深影が、陰陽局の退魔師たちは封印を試みているというようなことを言っていたが、あの霊符を貼り付けるためだけに、かなりの被害を受けたようだ。

そんな、陰陽局の退魔師の中に、一際目立つオレンジ色の髪の少年がいる。

陰陽局東京スカイツリー支部のエース、津場木茜《つばきあかね》だ。

「オン・アロリキャ・ソワカ……オン・マコキャラヤ・ソワカ……」

彼は退魔師らしい黒い狩衣姿で、唯一お面を被《かぶ》ってはおらず、素顔を晒している。

胸元で印を結び、いつもは省略する真言を唱え終えた後、腰に差していた刀を抜く。

抜刀の瞬間、刀からバチバチと、火花のようなものが散る。

それほど強い護法の術が込められているのだ。

「大魔縁玉藻前、部分封印――急急如律令《きゅうきゅうにょりつりょう》！」

津場木茜は屋根の上を駆け、その勢いのまま飛び降り、真上からミクズの首めがけて、宝刀・髭切《ひげきり》を突き立てた。

バチバチバチ――

大魔縁玉藻前の首に髭切が突き刺さった瞬間、電流の弾《はじ》けるような音が響いて、複数の霊符の命令が繋《つな》がる。

大魔縁玉藻前は、痛みからか悍ましい咆哮《ほうこう》を上げ、その体を強く振るった。

髭切を突き刺した津場木茜は、その勢いで刀の柄から手を離し、弾き飛ばされて高々と空を舞う。このまま地面に激突したらひとたまりもない。

しかしそれを、ミカがとっさの判断で再び八咫烏の姿に変化《へんげ》し、空中で掬《すく》い上げ、私たちの元まで連れてきてくれた。

「茜！」

「津場木茜！」

私と馨が、彼に駆け寄った。

「……っ、いってえ」

津場木茜は額に汗を滲《にじ》ませ、苦痛に耐えるように歯を食いしばっている。

その口の端からは、血を流している。

彼の両腕は酷《ひど》いもので、大魔縁から受けた凄《すさ》まじい呪いによって、火傷《やけど》のように真っ赤に爛《ただ》れていた。

それに、凄い発熱だ。命を持っていかれなかったのは、呪いというものに慣れている津場木茜のポテンシャルゆえ。

刀を敵に打ち込んだだけなのに、この有様《ありさま》だ。

大魔縁とは、ただの人間にとって、それほど強大な呪いの権化だったのか。

「お前たち、俺に構うな……っ!」

津場木茜が、苦しそうな表情のまま、私たちに向かって叫ぶ。

「髭切を打ち込んだことで、あの大魔縁の力は一部封印されている! 再生能力は無効化しているはずだ!」

「再生能力が……」

「無効化……?」

私も馨も、津場木茜がやってのけた仕事に目を大きく見開いた。

それは、とてつもなく大きな成果だ。

そうやって、一人一人を犠牲にする覚悟で一つ一つを封じて、弱ったところを確実に倒す。それが人間の退魔師の戦い方……

茜が爛れた腕で、グッと馨の胸ぐらを摑《つか》んだ。

「いいか、あとはお前たち頼みだ。お前たちがあいつを倒せなきゃ、もう浅草寺を重しに大魔縁を全体封印するしか手がない」

「…………」

「だがそれも成功するかわからない。そもそも全体封印ってのは、いつその封印が解けるのかと延々と怯《おび》え、あれの討伐を後世に任せるということ。未来に負の遺産を残すということだ。俺は……っ」

津場木茜の瞳が私たちに訴えかける。その最中、彼はまたゲホゲホと血を吐いた。

私と馨は、彼の意志をしっかりと受け取っていた。

「わかっているわ。だからもう、あんたは無理しないで」

「俺たちが、絶対に倒す」

津場木茜は、やるべきことをやった。

私たちを信じ、私たちが敵を倒すために必要な前提を整えてくれたのだ。

「あと、馨！　お前、狭間結界術は使うな！」

「は？」

津場木茜の追加の忠告に、変な顔をする馨。

確かにそれは、馨の十八番《おはこ》を封じるということだ。

しかし津場木茜の表情は真剣そのもので……

「狭間結界術は、対象をあやかしの世界に引きずり込むもの。今、大魔縁にかかっている俺たち退魔師の術は、東京スカイツリーという結界柱によって強化されている。スカイツリーでは今、大勢の祈禱師《きとう》が護摩を焚《た》いて、退魔師の術を遠隔サポートしているんだ。お前が大魔縁を狭間に引きずり込むと祈禱の効果が弱まって、大魔縁の再生能力が復活するかもしれない！」

「えっ」

変な声を上げた私と違って、察しの良《い》い馨は、津場木茜の言葉で叶先生の意図に気がついたようだった。

「……そうか。だから叶は、ミクズを地上に呼んだのか」

大魔縁玉藻前の再生能力の封印。

これがとにかく重要で、狭間結界術という手段を捨ててでも維持しなければならないと、私も馨もわかっている。

叶先生もそう判断して、ミクズを地上に呼んだのだ。

「ミカ、津場木茜のことは任せたわよ」

「御意です。茨姫様」

さっきまでミクズの再生能力に圧倒されて、絶望しかけていたけれど、人間の力によって希望を見出《みいだ》すとは思わなかった。

人間の退魔師、特にMVP的な働きをした津場木茜に敬意の念を抱き、私は私のなすべきことをなすために戦う。

その決意を新たにする。

元々は、私たちの戦いだった。

決着をつけるために、ここに至ったのだから。

第二話　雷光

「来るぞ！」

身の毛がよだつ殺気が一帯を支配する。

咄嗟《とっさ》に馨《かおる》が、目の前に結界を張った。

部分封印を施された大魔縁玉藻前《だいまえんたまものまえ》はその毛を逆立て、一瞬だけ、ワッと巨大な毬栗《いがぐり》のように膨れ上がったのだ。

我々は馨の結界のおかげで針に貫かれることはなかったが、退魔師が数人、それに貫かれてボトボトと建物の屋根から落ちる。本当にあっけなく、命が零《こぼ》れ落ちる。

突き刺さっていた髭切《ひげきり》は、妖狐《ようこ》の体が膨れ上がった衝撃で弾け飛んだ。

とはいえ、部分封印が解けることはなく、継続中だ。

限界まで膨れ上がったのは、大魔縁の怒りか、痛みか、苦しみか――

毛玉というには殺傷力がありすぎる。巨大な毬栗と化したそれは、私たちに向かって、猛烈な勢いで転がり始めた。

浅草寺《せんそうじ》内の建物が次々に押しつぶされる。

あまりの勢いに何もかもが簡単に壊されていく。

だけど私も馨も、向かってくるそれを前に逃げることなく、刀を構え、神経を研ぎ澄ませていた。

そして――

向かってくる巨大な毬栗を、お互いの刀で一刀両断する。

銀の剣戟《けんげき》が二つの弧を描き、黒く巨大な毬栗状の玉は、三つの肉塊に切り分けられた
……はずだった。

「え……っ」

しかし、何かを切った手応えのようなものが、まるでない。

三つに切り分けられたそれは、バウンドしながら私と馨を飛び越えて、そのまま雷門《かみなりもん》の手前でフッと姿を消した。

あれだけ巨大なものがいきなり姿を消し、まるで幻を見ていたかのようだ。

しかし仲見世《なかみせ》通りは見るも無残に破壊されているし、奴の攻撃に体を貫かれ、倒れた退魔師も多くいる。幻想でもなんでもなく、現実であることの証《あかし》だ。

私たちは急いで雷門を越え、大通りに出た。

「どこ」

そしてキョロキョロと、周囲を見渡し、敵を探る。

「どこへ行ったの⁉」

しかし、さっきの毬栗状の妖狐……ミクズはいない。

「……消えた」

「化かされたんだ。あれはあやかしだ」

警戒しろと、馨が私に忠告した。

ここは浅草《あさくさ》のど真ん中。

浅草寺の代名詞〝雷門〟前。

しんと静まりかえり、緊迫した空気の中、馨と背中合わせの状態で刀を構え、周囲を警戒しながらも、私は予感していた。

ああ。ここが最後の戦いの場所になるのかもしれない――

ここは、大魔縁茨木童子《いばらきどうじ》の焼かれた場所でもあった。

「おのれ、おのれ、人間め……」

どこからか、おぞましい声がした。

その声は、私たちであっても恐怖を抱く。

覚悟を決め、ゆっくりと声のする方を振り返ると、道路の向こうからズルズルと衣の裾を引きずって、黒い靄《もや》を纏《まと》った何かがやってくる。

先ほどの、巨大な妖狐でも、毬栗でもない、何か。

それは裏浅草の最深部で見た、人型の大魔縁玉藻前だった。

「いつもいつも、いつも妾《わらわ》の邪魔をして。忌々しい。忌々しい。あの塔がいらない。あの塔がいらない。全てを壊してやる」

ミクズはどうやら、黒点蟲《こくてんちゅう》を祓《はら》うものと、自分を縛る部分封印の仕組みに勘付いているようだった。

東京スカイツリーをひたすら睨《にら》み、その手を掲げる。

手の先には巨大な、黒い火球のようなものが、光と熱を溜《た》め込んでいく。

ミクズの狐火《きつねび》だ。しかし私たちが今まで見てきたものとはまるで違う。

それは、膨れ上がったミクズの霊力をこれでもかと溜め込んだ、黒い炎だ。

「スカイツリーに攻撃するつもりだ！」

「絶対にさせないわ！」

あんなものが放たれたら、スカイツリーの鉄筋が溶けて倒れるだけではなく、一帯が火の海と化すだろう。

私は自分の血を刀の刃に伝わせ、刀を構えた。

ミクズが黒い炎を放ったのと同時に、刀を振り下ろす。

私の〝破壊〟の血の能力、そして霊力を惜しみなく乗せたその一太刀は、大魔縁と化したミクズの、黒い狐火の攻撃を切り裂き、相殺した。

しかしお互いの霊力がぶつかり合った衝撃は凄《すさ》まじいもので、浅草全土に衝撃が走ったのではないかというような、強い爆風に煽《あお》られる。

「わっ！」

「真紀《まき》！」

馨が吹っ飛びそうになった私を後ろで受け止め、背中と足場を結界の壁で守り、爆風によって飛ばされるのを耐えた。

「まだだ！」

最初の一太刀ほどの威力ではないものの、再び黒い狐火を放ったミクズの前方に、馨が結界の障害物をいくつも重ねて、その攻撃の威力を削っていた。

しかし飛散した火花が、あちこちの建物や地面に落下し、炎が上がる。

「このままじゃ、どのみち浅草は火の海だ」

「そんな……っ」

こういう時、馨の狭間結界内にミクズを閉じ込めることができないのが厳しい。

ミクズの炎はたちまち一帯に広がり、周囲を包んだ。

凄《すご》い熱波だ。人の体では保《も》たない。

「天酒《あまさけ》！　茨木！　生きてるか⁉」

その時だった。炎の海だったこの一帯が、一瞬で氷漬けになる。

空気も一気に冷やされる。

ミクズを挟んだ向こう側から、私たちの名を呼び、この力を使ったのは——浅草地下街あやかし労働組合の、灰島大和《はいじまやまと》組長だった。彼の隣には大黒《だいこく》先輩こと大黒天《てん》様がいる。

「組長……大黒先輩……」

そういえば、組長は、かつての大江山《おおえやま》の仲間の一人・いくしま童子という雪鬼の生まれ変わりだった。組長に記憶はないし、私たちも気がつかなかったくらい別人のようだから、ほとんど意識してなかったけど……

ミクズの炎は、この一帯を覆い尽くした氷で、無事に鎮火されたのだった。

組長も、自分自身の凄い力を前に、ぽかんとした顔をしている。

「今の……俺がやったのか⁉」

とか言ってる。

「そうだ。大和は潜在的に、雪や氷を操ることができる。そこのところを、俺がちょいと手助けすれば、狐《きつね》の炎など恐るるに足らず」

組長の側《そば》でふわふわ浮いている大黒先輩はニヤリと笑った。

自分の狐火が消されたことで、ミクズがゆらりと首を傾け、大和組長と大黒先輩を冷たい瞳で睨みつけた。

「人間と、浅草寺の神ごときが……っ」

許さぬ。許さぬ。

彼女の怒りが空気を揺らし、張った氷がひび割れていく。

しかし大黒先輩は「わははは」と、いつもの調子で笑うのだった。

「哀れな大魔縁よ。お前がぶっ壊し、怒らせたのは、日本でもトップクラスの参拝者数を誇る〝浅草寺〟とその神だ。参拝者の願いは、祀《まつ》られた神の力となる」

とはいえ、浅草寺の神の加護も無尽蔵というわけではない。

陰陽局《おんみょうきょく》の退魔師たちが真言を唱え続けていたということは、ずっと力を貸し続けていたということ。

それに、大黒天自体にミクズを倒す力はない。

あくまで、人間を介して力を貸すことしかできないのだ。

「浅草で、これ以上は好き勝手させねえぞ、大魔縁玉藻前」

大和組長は少々ビビりながらも、大黒天の庇護《ひご》のもと、この土地の守り手としてビシッと言ってのける。

そしてミクズ越しに私たちにアイコンタクトを取り、今のうちに退避しろと命じた。

私と馨はお互いに頷《うなず》き合い、馨の作った結界の足場を登り、高い場所に一時撤退した。

この間、組長と大黒先輩がミクズの怒りをかって攻撃を受けていたが、大黒先輩の庇護のもと、浅草寺の雷門の内側に逃げたようだ。なかなか情けない逃げ方だったが、組長と大黒先輩コンビがいるおかげで、ミクズの狐火を封じる手立てができたのは幸いだ。

上空には津場木茜《つばきあかね》を背に乗せたミカも留まっていて、私たちもその近くに結界の足場を作って集まり、少し呼吸を整えた。

「どうやってミクズを倒したらいいのかしら」

「近づくのも容易じゃないしな。狐火と、あの尻尾がやべえ」

そんな時、ミカの背に乗る津場木茜が口を挟む。

「再生能力は封じられているんだ。今なら、その答えは出るだろう」

津場木茜の呼吸は荒かったが、眼差《まなざ》しにはまだ闘志がみなぎっていて、私たちを強く見つめている。

「首を落とす。これだけだ」

それは、あやかしに対し、最も古典的な討伐方法。

さっきはダメだったけれど、確かに再生能力が封じられた今ならば、ミクズの首を落とすことで、討ち倒すことができる。

その時、私たちの会話を遮るような、殺意が迫った。

地上にいたミクズの、伸縮自在な黒い尾が、鞭《むち》のようにしなってこちらまで伸び、私たちの逃げ場を塞ぐ。

私や茜を守ろうと結界を張った馨が、真っ先に肩を抉《えぐ》られたのだった。

「……っ」

「馨！」

「大丈夫だ、このくらい！　真紀、気を抜くな！」

馨に気を取られていた私にも、ミクズの尾の攻撃が襲いかかる。

「ミカ、逃げなさい！　茜を守るのよ！」

私はそう叫びながら、向かってきた尾を刀で刻む。

しかし尾は霊力で作られた武器の類いで、複数に分裂をする。再生能力の封印には含まれていないようで、とても厄介だ。

私は高い場所から、ミクズの本体の位置を確認した。

彼女は氷の海の中、私たちを見上げて不気味な薄ら笑いを浮かべている。

そして私に向かって、複数の尾を伸ばし、しならせた。

今だ――

私は刀を構えて、結界の足場から飛び降りた。

ミクズの尾の攻撃を幾度も体に受けながら、私はミクズ本体だけを目指す。

「真紀！」

馨は私の目的を察したのか、結界術を駆使して可能な限り黒い尾の攻撃を往《い》なし、私が致命傷を負わないよう守ってくれた。

私の刃が、その首に届くように。

私の血が刀を濡《ぬ》らす。

ありったけの霊力を込め、血塗られた刀を振り落とす。

「落ちろ――――」

落ちろ、落ちろ。首よ落ちろ。

刀の刃は確実にミクズの首を捉えていた。

しかし、ミクズの首は皮一枚で繋《つな》がり――――

「細切れになれ、茨姫《いばらひめ》……っ！」

首がもげかけたミクズの、ニヤリとした不気味な笑みに、ゾッとする。

そして無数に裂かれた黒い尾の攻撃が、螺旋《らせん》状に回転して、私を襲う。

「真紀!!」

至近距離でその攻撃を受けたが、かろうじて、刀でその攻撃を受け止めた。

しかし、全てを防ぎきることはできず、思い切り弾《はじ》き飛《と》ばされた。

その時に負った体の傷は、我ながら凄い。

「〜〜〜〜っ」

かろうじて急所、致命傷は避けたものの、あちこち裂傷だらけで、血まみれだ。

手も足も感覚がなく、まだそこにあるのか、くっついているのかどうかも怪しい。

血が流れれば強くなる茨姫。しかし、ただの傷とは思えないほど全身が痛い。

地面に転がったまま、体に力が入らない。

何より、今ので青桐《あおぎり》さんから借りた刀が折れてしまった……っ。

「惜しかったのう、茨姫」

ミクズは取れかけた首を元の位置に戻し、髪を一本引き抜いて、それを自在に操って、首の断面を縫っていた。

完全に首を落とさないと死なない生き物なのだ。こいつは。

「真紀！　真紀！」

私が血まみれのズタボロになったから、馨が高い場所から地上に下り、私の名前を呼んでいる。

「……っ、馨、来ちゃダメ……」

同じ螺旋状の攻撃が、再び私を襲う。

来ちゃダメって言ったのに、馨は私の側に駆け寄って、私を抱きしめたまま周囲に結界を張った。しかしあの攻撃は、きっと結界を簡単に貫くだろう。

私も馨も、絶体絶命の危機を前に身構えた。

だが、その時だった。

目の前を、一閃《いっせん》の雷光が走る。そして落雷のような音が轟《とどろ》く。

「…………え」

私と馨を守るように前に立ち、ミクズの攻撃を、手にしていた刀でいとも簡単に切り裂いた。

ビリビリとほとばしる霊力は、あやかし殺しに特化した、遥《はる》かに特異な純度を誇る。

その者の名は――

「来栖《くるす》……未来《みらい》……」

彼が手にしていた刀。

あれはおそらく、かつて酒呑《しゅてん》童子の首を落とした伝説の宝刀・童子切《どうじきり》だ。

彼はあの刀を当たり前のように従え、ただ、目の前の敵を睨《にら》みつけていた。

「妾《わらわ》の元へ戻ってきたか、ライ」

ライ。それは来栖未来がかつて狩人《かりゅうど》だった頃の、コードネームだ。

ミクズも来栖未来が来ることを予感していたのか、表情を嬉々《きき》とさせ、黒く染まった両手を広げる。

「さあ、ライ。かつてのように、我が胸へ飛び込むがよい。その痛みや苦しみを、永遠に終わらせてやろう。お前のことは、妾にしか癒《いや》せない」

「殺す」

しかし、来栖未来の抱く殺気は、尋常ではなかった。

来栖未来。

千年前の退魔の英雄・源頼光《みなもとのよりみつ》の生まれ変わりで、酒呑童子の魂を半分もつ男の子。

彼は狩人時代の黒いマントを翻し、電光石火の攻撃で、ミクズの命を取りに行く。

「ミクズ様を殺す！」

元々、空間を飛び交うような〝速さ〟が武器だった。

両足がなく、義足をつけているからこそ可能な速さだ。

この神がかり的なスピードは、私にも馨にも、ましてやミクズにも、目で追うのすら困難だった。

ミクズは来栖未来の動きについていけず、更には〝童子切〟という、あやかし殺しの宝刀により無数の傷を負わされる。それは確かにダメージを与えているようで、ミクズはかつてないほどの悲鳴をあげていた。

「未来、首だ！　首を落とせ！」

頭上から声がする。

津場木茜が、この場にやって来た未来に、首を狙うよう言ったのだ。

確かにあの子は一見、ミクズを上回って見える。

だけど……この不安、胸騒ぎは何だ。

刺し違えてでもミクズを倒すというような覚悟を、彼のほとばしる霊力から感じる。

あの子はいったい、どこへ、向かっているというの……

「待って、来栖未来！　一人で行っちゃダメ！」

「真紀、動くな。お前はもう戦っちゃいけない。お前を治療したら俺が行くから……っ」

来栖未来に手を伸ばし、もがく私を押さえつける馨。

馨はこの時「獄卒術」なるものの治癒の術を私に施していた。

数多《あまた》の傷口が、見えない膜のようなもので塞がれ、きつく縛られたような感覚がある。

馨は自分の怪我《けが》もそっちのけで、私の治癒を急いでいた。

治癒の術の効果か、それとも単に血が足りていないのか、瞼《まぶた》が重くなり、意識がどんどん遠ざかっていく……

「未来！」

だが、頭上で響いた茜の声によって、私はハッと意識を取り戻す。

ミクズの無数の黒い尾が、来栖未来のスピードに慣れ、蛇のようにくねって来栖未来を絡め取る。

しかし拮抗《きっこう》する来栖未来の霊力は、それを一瞬で祓《はら》った。

純然たる退魔の力。光が影をのみ込むように、消し去ったのだ。

そして再び、ミクズの懐に飛び込み、どれほど傷を負ってもミクズへの攻撃の手を緩めることはない。

「なんて……強さだ……」

馨は思わず、感嘆の声を上げていた。

人間の身でありながら、大魔縁とここまで戦える者が存在するということが奇跡のようだ。改めて、恐ろしいとすら思う。

だけど来栖未来があそこまで戦える姿は異様で、私には彼が、ここで全てを出し尽くそうとしているように思えた。

自分の何を犠牲にしてでも、ミクズを殺すというような、覚悟。

それが私に、痛いほど伝わってくる。

「だ、ダメ……っ」

私はもう一度、来栖未来に手を伸ばす。

「そんな戦い方をしては……、ダメよ、未来……っ！」

それはまるで、自分の命などどうなっても良いというような、戦い方だ。

ミクズと一緒に、自分自身を「殺す」と言っているかのようだ。

自分を守ろうとしていない、戦い方。自殺行為。

あの子の命が、削られていっている。

私の声が聞こえたのか、戦いの最中、彼は叫んだ。

「僕なんて、どうなったっていい！」

その声は、孤独と悲しみに溢《あふ》れていた。

彼の向かっている先は、ひとりぼっちの死だ。

「!?」

彼が自分の感情を曝《さら》け出した一瞬の隙を突いて、来栖未来の体の数カ所を、ミクズの黒い尾が抉る。

それでも来栖未来は止まらなかった。

彼とミクズの戦いに、我々が介入することすら許されないほどの、激しい霊力のぶつかり合い、波動が、ビリビリと伝わる。

だが、やがて、来栖未来の肉体に限界がきた。

その身に重ね続けたのは〝大魔縁の呪い〟だ。

津場木茜が負ったものと同じ。

来栖未来の肉体は火傷《やけど》を負ったように爛《ただ》れ、大量の血を吐き出し、ガクンと膝をつく。

「いい、別に、もう……っ」

津場木茜は一撃であれほどの呪いを背負っていた。何撃もミクズに重ねた来栖未来の体は、もう、限界だった。

「真紀、ごめん……」

「…………」

「生まれてきて、ごめん」

その言葉を最後に、来栖未来は刀を落とす。

もうこれ以上は戦えないと、地面に倒れこむ。

ギリギリ耐え抜き、最後に笑ったのは、ミクズだ。

「ふふ。あはははははは！　この時をずっと待っていた！　お前を食って、妾は酒呑童子に化ける。首をすげ替える。そうすれば、妾がこの世の、鬼の王ぞ」

ミクズも相当なダメージを受け続けていた。

だが現状を大きく覆す手が、彼女にはあるのだ。

私たちがそれを察すると同時に、ミクズは再び巨大な妖狐の姿になり、黒い尾で来栖未来を高々と持ち上げる。そして、

「あ……っ」

ぱっくりと開けた大口に彼を放り込み――ごくん、とのみ込んだ。

衝撃的で、最悪な展開。

ここにいる誰もが状況を理解するより先に、絶望を感じた瞬間だった。

来栖未来が食われた。

大魔縁に食われた。

しかし考えるより早く、私は馨の治癒のおかげで僅《わず》かに動けるようになった体を起こし、走っていた。

「真紀！　待て！」

馨の、私を制止しようとする声が聞こえる。

それでも私は走る。

未来の落とした〝童子切〟を拾い、それを持ったまま強く地面を蹴り、そして――

大きく開かれた妖狐の口に、飛び込んだのだ。

来栖未来。

前世の仇《かたき》。源頼光の生まれ変わり。

酒呑童子の魂の半分を宿す、男の子。

あやかしたちに酷《ひど》く憎まれ、源頼光が滅ぼしたあやかしの分だけ、あやかしの呪いと不幸を背負って生まれてきた男の子。
そしてミクズに唆され、利用され、私を地獄《じごく》に突き落とした男の子。
だけど、こんなところで終わってはいけない。

『生まれてきて、ごめん』

あんな悲しい言葉を残して、たった一人で、絶望したまま死なせてはいけない。
この感情がどこからやってくるのかわからない。
だけど私は、心から願っていた。

未来という名前の少年が、今世こそ幸せでありますように、と。

第三話　未来のために（一）

ここはどこだろう。

気がつけば、濁った砂色の曇天に覆われた、荒廃した大地に私は立っている。

そこは、地獄《じごく》に少し似ている気がするが、獄卒の鬼や亡者が一匹もいないし、硫黄臭い地獄特有の臭いもないし、管理された雰囲気もない。

おそらく、私が一度も行ったことなどない世界だ。

だけど私、この世界に漂うものの正体は知っているわ。

鬼の因子を持つ者にしか耐えることのできない、邪気だ。

確か、私は来栖《くるす》未来《みらい》を追いかけて、ミクズの口に飛び込んだはず。

手には宝刀・童子切《どうじきり》もある。

「ここはきっと〝常世《とこよ》〟なんでしょうね。私、ミクズの記憶を通して、常世を見ているんだわ」

これが、ミクズや叶《かのう》先生、クズノハの故郷である〝常世〟だというのなら、なんとまあ、救いようのない世界だろうか。

私はそんな、救いようのない世界を、ひたすらザクザクと歩いていた。

地獄よりずっと地獄らしい場所。

滅びを前にした世界。

大地の上には何もない。木も見当たらないし、花も咲いていない。

人工の建物すらまともに存在していない。その痕跡のようなものが、砂から少しだけ頭を出しているだけ。

ああ、どこまで行っても砂ばかり。

生き物の気配がない。

ただ、空を見上げたら、巨大な飛行船のようなものが結界に守られた状態で浮いているので、この世界の命あるものたちは、ああやって空に脱出し、生き延びているのかもしれない。

こんな状態なら、異界に希望を見出《みいだ》し、そこを侵略してでも手に入れたくなる気持ちもわからなくはない。

ただ、現世《うつしよ》側の人間である私は、浅草《あさくさ》に繋《つな》がるワームホールができて、あの飛行船が現れると思うと、怒りと恐れと、虚《むな》しい気持ちでいっぱいになるけれど……
叶先生は言った。
お前たちは、自分たちの世界のことだけ考えろ、と。
ええ、そうね。じゃあ遠慮なく、今は、私たちの世界のことだけ考えるわ。

再びこの、終わりかけた大地を踏んで歩く。
風が、乾いた砂を巻き上げて、私を追い立てる。
出ていけ、出ていけ、心を覗《のぞ》くなと……吹き荒《すさ》ぶ風の音が、ミクズの悲鳴にも思える。
全身に砂がぶつかって痛いけれど、私はその中を、身を屈《かが》めて前に進み続けた。
そして、鬱陶《うっとう》しい砂嵐の向こうに、一人の人影を見つける。
「来栖……未来……？」
砂から飛び出た廃墟《はいきょ》の壁に背をつけて、膝を抱えてうずくまっている者がいる。
その両足は義足で、やはり来栖未来だと思われる。
私は急いで駆け寄った。
「未来！　来栖未来！　あなた、無事だったのね！」
ここはミクズの腹の中で、無事も何もないけれど、一応。

これが本体であれ、魂であれ思念体であれ、私は来栖未来と再会できたのだから。

私は彼の前に膝をついて、語りかける。

「こんなところにいちゃだめよ。ミクズはあなたを取り込むつもりなんだから。ねえ、一緒に帰りましょう」

だけど、来栖未来は首を振る。

「帰らない」

彼の物言いははっきりしていた。

「僕が生きたままだと、大勢の人に迷惑をかける。このまま、ミクズと一緒に、死ぬのが一番いい」

「…………」

私は少々、言葉に悩んだ。

どんな言葉をかければ来栖未来に届くのか、全くわからない。

だけど、包み隠さず「それはダメよ」と言う。

「あなたがミクズに取り込まれたら、あなたの中にある酒呑童子《しゅてんどうじ》の魂まで、ミクズのものになってしまうのよ。化けるのが得意なあやかしは、食らったものの情報を読み取って、精巧に化けることができるの」

それこそ、継見由理彦《つぐみゆりひこ》を食って化けた、鵺《ぬえ》のように。

「ミクズはあなたごと酒呑童子の魂を取り込んで、本当に〝鬼の王〟になって現世を支配するつもりなのよ」

この話を聞いても、来栖未来はしばらく黙っていた。

やがて、淡々とした声で懇願する。

「だったら、真紀《まき》。君が持つその刀で、僕を斬ってくれ」

「え……」

私は大きく目を見開いた。

私が持つ刀は、かつて、源頼光《みなもとのよりみつ》が酒呑童子を斬った、童子切だった。

「童子切は、あやかしの魂を斬る。消滅させることができる。君が僕を斬れば、僕の魂と、僕の中にある酒呑童子の魂を切り離し、消滅させることができる」

「………………」

「いや。真紀ほどの力があれば、きっと僕の魂も一緒に消滅するだろう。それがいい。そうすれば僕は死ねるし、酒呑童子の魂を持つ男は、天酒馨《あまさけかおる》だけになる」

「……それは……」

それは確かに、可能かもしれない。

そもそも、酒呑童子という鬼の首を、童子切という刀が斬ったこと——

それが、私と馨と来栖未来の、魂を巡る物語の始まりだった。

「僕はもう疲れた。生きることに疲れた。……未来に、なんの期待も、希望も持ちたくないんだ」

来栖未来は消え入りそうな声で呟《つぶや》く。

「君のことも殺しかけた。償っても償いきれないことをした。本当にごめん。謝って済む問題じゃないけれど、謝りたかったんだ」

だからもう一度だけ、私の前に現れた。

そう、来栖未来は言った。

「天酒馨にも……真紀が死ぬかもしれないというような、辛《つら》い思いをさせたと思う。地獄に行ってまで、君の魂を連れ戻そうとしたと聞いた。天酒馨は凄《すご》い人だ……僕と違って、本当に」

「……あんた」

「津場木茜《つばきあかね》は、僕と友人になると言ってくれた。一緒に戦ってくれと言って、手を差し伸べてくれた。あんなことを言われたのは初めてで、嬉《うれ》しかった。だけど、そんな優しい人を、僕の呪われた人生に巻き込むわけにはいかない。この戦いで、失うわけにもいかない」

彼は膝を抱える手にギュッと力を込めた。

「だから、僕だけが一人で死にたい。この先、誰のことも傷つけたくない」

声を絞り出し、心からの願いであるかのように、そう言った。

本気で、死にたいと思っているのだ、この子は。

「君がその刀で僕を斬ってくれたら、僕は魂ごと消える。消えていなくなることができる」

「でも……でも魂が消滅してしまったら、生まれ変わることすらできなくなるのよ」

この世界系は、魂の循環によって成り立っている。

私はそれを、地獄で知った。

だが来栖未来は、それこそが望みだというように、私に訴えた。

「それでいいんだ。生まれ変わるなんて嫌だ。生まれ変わったところで、あやかしの呪いを背負ったまま……自分も周囲もこの呪いに巻き込まれて、幸せな人生は歩めない。不幸になるために生まれ変わるなんて、そんなのは嫌だ」

「………」

「頼む、斬ってくれ。そしてここから急いで出て行ってくれ。もう辛いんだ。痛いんだよ。消えてしまいたいんだ」

来栖未来の意志は固い。本当に、生きていることが辛いのだ。

私は静かに立ち上がると、片腕で童子切を振り上げた。

今、私がやるべきことは何だ。

この状況下で、来栖未来の中にある酒呑童子の魂を、ミクズに取り込まれるわけにはいかない。千年前と同じように、この刀で来栖未来を斬って酒呑童子の魂を切り離すしか、この状況を打開できる方法はないのかもしれない。

この子にとって、死以外に救いがないというのなら、私にそれを否定することなんてできない。


そもそも、源頼光は、シュウ様の仇《かたき》だったはず――


「それでいい。きっと天酒馨が、ここから君を連れ戻してくれる。どうか、僕のことは斬り捨ててくれ。今後も二度と、思い出さなくていい」

「………………」

だけど私は、刀を持つ手をカタカタと震わせ、それを振り下ろすことができなかった。

どうしてもできなかったから、そのまま、力なく腕を下ろした。

「できないわ」

私が強く首を振って拒否したからか、来栖未来は大きく目を見開いた。

その瞳は、絶望の色に染まっていた。

「どうして……っ、どうしてだ、真紀」

来栖未来は泣きそうだった。

今もまだ、懇願するように私に訴える。

「斬ってくれ、お願いだ！」

「無理よ。だってあなた、優しいじゃない」

「違う！」

来栖未来は、即行で否定した。

「優しくなんかない！　僕は弱いだけだ。ただ逃げたいだけだ。呪いにも、罪にも耐えられないだけだ」

この青年の、生きることへの恐れが、痛いほど伝わってくる。

いまだかつて、こんなにも死にたいと思っている人間に、私は出会ったことはない。

「頼む、僕をその刀で斬ってくれ。この期に及んで、君に厚かましいお願いをしていることはわかっている。だけど、もう解放されたいんだ。生きていることは、辛いんだよ」

「…………」

「君になら、殺されていい。そのくらいのことを、僕はしたんだ」

私は……

私は、自分の持つ童子切を手放す。

それが砂の上に、ポトリと落ちる音がする。

「私の名前は、茨木《いばらき》真紀」

「え？」

私は来栖未来に向かって手を差し出していた。

「あんたの名前は？」

「……く、来栖……未来……」

反射的に名乗ってしまったみたいだけど、なぜ今、そんなことを聞くんだと言いたげな来栖未来の不審や戸惑いを、私はしっかりと感じ取っていた。

私も、この期に及んで何を自己紹介しているんだと思ったけれど……

「未来って、いい名前よね。初めて聞いた時から、私、そう思ってたのよ。じゃあ、これからもよろしくね、未来」

私は彼の手を、半ば無理やりとる。ガシッとね。

そして、初めて出会った者たちのように、固く握りしめて、上下にブンブンとふる。

「な、なんのつもりだ、真紀」

「私に償うと言うのなら、生きて、未来。私たちと一緒に」

「…………」

「死にたいと願っている人には、酷なお願いかもしれない。地獄に行くより辛いかもしれない。だけど、生きて」

私たちは、前世の敵同士、ではない。

あやかしを狩る者と、あやかしを守る者、でもない。

ただの来栖未来と茨木真紀になって、ここから始める。

「生きてさえいれば、これからたくさん、楽しいことがあるわ。だって私や馨、茜があなたの側《そば》にいるんだもの」

私たちが向かう先は、きっと、同じ方向を向いている。

私たちが力を合わせれば、きっと、良《い》い未来が待っていると思うから。

「生きてさえいれば、あなたはまだ見ぬ大切な人に、きっと出会える。生きていてよかったと、思える日がくる……っ」

言いながら、涙が出てきた。

この子に課した多くの枷《かせ》、背負わせた不幸を、今更ながら、思い知る。

「ごめんなさい。ごめんなさい。もう絶対、あなたを見捨てたりしない。あなたに何もかも、押し付けない」

「……真紀」

「あなたの背負った苦しみは、本来、私たちが背負うべきものでもある。巻き込んだなんて、考えなくていい。本当は、私たちこそが、一番わかり合えるはずなのよ」

ここでこの子を見捨てたら、私はきっと、一生、自分を許せないだろう。

そしてこの子もまた、この先、迎えるはずだった幸せな日々や、出会うはずだった大切な人を、知らずに死ぬ。

それは嫌だ。

どうしてか、嫌だ。

だからこそ、私はここで、選ぶのだ。

憎むでも、許すのでもなく、前世の仇を〝救う〟と言う未来を——

「だから、生きて、未来。死んで終わる苦しみの前に、もう少しだけ、生きようともがいて。私たちと一緒に」

前世にばかりとらわれていた私が、前世の憎悪や因縁の何もかもを捨てて、あなたを助けたいと心から願っている。

そう。予測不可能な——未来のために。

「真紀……」

強く手を握りしめ、涙をボロボロ流す私の熱い視線に、未来はとても戸惑っていた。

だけど私の手を離したりしない。

私も彼を逃がしたりしない。

そして、私が立ち上がるその流れで、未来も一緒に立ち上がってくれた。

今ならば、この子をここから連れ戻せると思った。

彼の瞳の奥に、小さな小さな、希望の光が見えた気がした。

だが、

『そうはさせない。そうはさせない』


脳裏におぞましい声が響く。

『そうはさせないぞ、茨姫《いばらひめ》』

ミクズの声だ。

来栖未来は再び怯《おび》えたような、血の気の引いた顔になる。

『その子をこっちに渡せ。渡せ。渡せ』

砂嵐の向こうから姿を現したのは、ゆらゆらと揺蕩《たゆた》うボロボロの黒い着物を纏《まと》った、何かだ。

顔は影法師のように真っ黒で表情はわからない。

黒い着物から覗《のぞ》く手も足も異様に痩せ細っている。

まるで砂漠をさまよう亡者のごときその姿に、私も未来も驚いた。

それは紛れもなく、ミクズだ。

ミクズの成れの果て。

救いようのない、堕《お》ちるところまで堕ちた、魂。

「………」

あまりに哀れな姿をしていて、少しだけ同情してしまう。

この女狐《めぎつね》にとっての幸せや喜び、心の解放は、いったいどこにあったのだろう。

もしかしたら、どこを探しても手に入らないものなのかもしれない。

逃げ場なんてなかったのかもしれない。

ミクズの魂はずっと〝彷徨《さまよ》える亡者〟だったのかもしれない……

『渡せ。そいつを渡せ』

ミクズの魂は、痩せこけた両手を伸ばし、ズリズリと足を引きずり、もがくようにして私たちの方にやってくる。

だけど、彼女が私たちに触れることはない。

その前に、私は童子切を構えた。

そして――

「さようなら、ミクズ」

躊躇《ためら》うことなどなかった。

あまりにも静かで、無機質な一太刀だった。

それが亡者のごとき狐《きつね》の首を落とす。

ミクズの魂を斬ったのは、童子切。

童子切は、あやかしの魂を切り裂き、消滅させることのできる宝刀だ。かつて酒呑童子もまた、この刀によって魂を一刀両断された。

あの時は、大妖怪である酒呑童子の魂は消滅することなく二つに分裂し、それぞれ別の男の子の肉体に宿り、生まれ変わった。

それこそが、現代まで続くこの物語の、始まりだった。


あの時と違い、この童子切は私の血を吸っている。

強い、破壊の意志と力を帯びている。

ゆえに、ここまで弱ったミクズの魂は、童子切に斬られたことで、切り口からボロボロと崩壊して行く。消滅を止められない。

「アアアア、アアアアアアアアア——……」

悲鳴のような、嘆きのような。

しかし高らかな歌のようにも聞こえる、彼女の断末魔の叫びと共に。

「……ごめんね、ミクズ」

あなたのことを救おうとは思わない。私には救えない。

それが最大限の、私の復讐《ふくしゅう》だ。

その代わり、もうこれ以上、苦しまなくていい。

私たちの長い長い戦いも、やっと終わる。

ミクズの魂の、終わりの一瞬に放たれる眩《まばゆ》い光によって、私と未来はこの世界から弾《はじ》き飛ばされた。

第四話　未来のために（二）

「……真紀《まき》……」

今、来栖未来《くるすみらい》をミクズが食い、それを追いかけて真紀がミクズの口に飛び込んだ。

俺はその場面を見ても、不思議と真紀が死んだとは思わなかった。

ただ、あんな大怪我《けが》を負った状態で無茶をする前世の妻が、これまた無茶な行動に出たので、心配を遥《はる》か通り過ぎて、呆気《あっけ》にとられてしまったというのはある。

真紀の馬鹿野郎。

別の男を追いかけて、俺を置いて、そんなところに飛び込みやがって……

と言う、嫉妬にまみれた恨み節はさておき。

黒い毛並みを持つ巨大な妖狐《ようこ》は、真紀をものみ込み、ごくんと喉を鳴らした後、

「食った。食った！　未来と茨姫《いばらひめ》を食ってやった！」

勝利宣言にも似た雄叫《おたけ》びが、浅草《あさくさ》の空に響く。

この場にいる人間の退魔師たちは、顔こそ見えないが、絶望の気配を帯びている。

深影《みかげ》の背に乗る茜《あかね》も、雷門《かみなりもん》の後ろから様子を見ていた大和《やまと》さんも、血の気の引いたような表情をしていて、現状を上手《うま》く把握できていない。

来栖未来、そして真紀。

ミクズを倒せる人間のうち、二人が食われたのだ。

「これでもう怖いものなどない。妾《わらわ》の目的も、達成される！」

そしてミクズは、再び人型に姿を変える。

以前のミクズの姿を僅《わず》かに残した、黒く禍々《まがまが》しい、大魔縁玉藻前《だいまえんたまものまえ》の姿に。

確かに俺は、しばらく言葉を失っていたが、

「……ふっ」

誰もが絶望した中、小さく噴き出してしまう。

こんな時に、何笑ってやがると、誰もが思ったことだろう。

ミクズも、俺の反応を見逃さなかった。

「何がおかしい、天酒馨《あまさけかおる》」

「いいや。真紀がそっちに行ったなら、来栖未来は大丈夫かなって思っただけだ」

俺のこの発言に驚いていたのは、ミクズだけではない。

この場にいた、誰もが「え？」と言いたげな表情で俺を見ていた。

「最愛の妻の無残な最期を目の当たりにして、おかしくなったか？　茨木《いばらき》真紀は、妾に食われて死んだのに」

「真紀はまだ死んでない。あいつが死んだら、俺にはわかる」

愛の力で……とかいう根拠のない話をしているわけではない。

こういう時、獄卒になってよかった、と心底思う。

真紀の魂を監視する俺の立場上、真紀が死ぬと、それがすぐにわかるようになっているのだ。

「てめえ。ゆえに、真紀はまだ生きている。

体の中には狭間《はざま》結界があるだろう。腐ったその魂を、隠して守るための狭間結界だ」

「…………」

「真紀も来栖未来も、そこにいる。俺の目はごまかせねえぞ」

ミクズはというと、俺がすぐにこの状況を察したからか、面白くなさそうな顔をしていた。

その反応から見て、彼女もまた、体内に来栖未来と真紀を取り込んだものの、殺すに至ってないというのはわかっているようだったが……

「肉体と違い、魂の消化には、少々手間と時間がかかるものだ」

ミクズは自分の腹を撫《な》でた。

「どのみち、ここからは出られない。ゆっくりと妾の中で毒されて、あやつらは魂ごと消化される」

「真紀を舐《な》めるな。お前の腹なんか突き破って、出てくるに決まってる」

「無理じゃ。来栖未来が足枷《あしかせ》になる」

「……何？」

「来栖未来に生きる意志はない。ここから出ようとはしないだろう。慈悲深い茨姫に、あの哀れな道化を置いていけるだろうか？　妾が未来の心を砕いたのは、そのためだ」

ミクズは勝ち誇ったように悠々と語り、袖の中から酒呑童子《しゅてんどうじ》の首を取り出した。

「そんなところから、人様の前世の首を取り出すな……っ」

「気にするでない。どうせ今から、妾の首となる」

「……は？」

ミクズは、今まで以上に不気味な笑みを浮かべた。

そして自分の顔を片手で真上から掴《つか》むと、先ほど真紀に半分斬られた首の縫い目を、ぶちぶちと引きちぎり、完全にもいでしまう。

何をやっているんだ、こいつは。

奴は俺をあざ笑うように、その首の切り口に、酒呑童子の首を据えたのだ。

あやかしとはいえ、信じがたい、異様な光景だった。

確かミクズは、バルト・メローとの一件で、キメラの研究をしていたという報告がある。

首をすげ替える実験を霊力の高い子どもたちでやっていて、その成功例もあった。

それはおそらく、この時、この日のためだったのだろう。

酒呑童子の首は、瞬く間にミクズの体に縫い付けられ、適合し、今の今まで瞳を開けることのなかった、千年前の酒呑童子の首の目がゆっくりと開いていく。

「…………」

それは確かに、酒呑童子の顔で、俺はかつての自分の顔を、真正面から見据えることになったのだった。


「これで、妾の勝ちだ酒呑童子。妾こそが現世《うつしよ》の鬼の王となる」

千年前の俺の顔をして、俺の口を介して喋《しゃべ》る。

それは余裕と悪意に満ちた笑みを浮かべている。

だが、歪《いびつ》で不自然な表情、瞳の動き、まだ完全とは言えないぎこちない口の動き。

何もかもが不気味だ。

これが酒呑童子であるはずなどない。あってはならない。

しかしミクズは、確かに酒呑童子の首を、その顔を手に入れたのだ。

そして、おそらくこれこそが、ミクズの起死回生の策だったのだろう。

「あとは、来栖未来が内包する酒呑童子の魂が、妾の中で溶け、消化されるのを待つだけ。そのあかつきには、妾は酒呑童子の魂すら手に入れて、本物となる」

「いい加減にしろ」

俺は低い声で、一言、そう言った。

怒りを通り越し、虚《むな》しさでいっぱいだった。

今もまだ争いの種になっている自分の首が、心底憎たらしく、歯痒《はがゆ》かった。

情けないとすら思う。

「真紀がいなくてよかった。本当に」

真紀に、こんな無様な〝シュウ様〟は見せられない。

茨姫の惚《ほ》れた男が、こんなに醜く、悪意に満ち満ちた顔をしていては、千年の恋も冷めてしまう。

真紀に嫌われたら、俺はそれだけで死んでしまうぞ。

「妾の顔が、気に入らないのか？　酒呑童子」

「当然だ。胸糞《むなくそ》悪い。まるで獄門台にのせられた晒《さら》し首だ」

俺は一歩一歩、酒呑童子の顔をしているミクズに近づいていく。

「大魔縁だからって、そこまで落ちぶれることないだろ、ミクズ」

「人間に落ちぶれた、お前が言うな。何ならお前を食ってやって、妾の腹のなかで最愛の妻に会わせてやろうか？」

「いや、別にそんなことしなくていい。真紀はもうすぐ戻ってくる」

俺は淡々と答えつつ……

今、ミクズの真横を、悟られることなく一瞬で通り過ぎる。そして、

「本当に、もう、うんざりなんだよ」

たった一太刀で、その体に乗っかった俺の首を斬った。斬り落とした。


「……え？」

それができるのは、多分、俺だけだった。

きっと真紀には躊躇《ためら》いが生まれ、無理だっただろう。

元来それは俺のものであるはずなのに、俺は、その首を全く欲してはいないからだ。

むしろ、こんなにも、こんなにもこんなにも弄ばれ——争いの火種になるくらいなら、ここで俺が、跡形もなく消し去ってもいいと思っていた。


それでいい。頼む。

酒呑童子の目が、そう、俺に訴えているような気がした。

自分でも驚いたくらい、実にあっけない、首の落ち方をする。

ミクズが俺を遠ざける攻撃をするいとまもなく、それは枯れかけた黒い椿《つばき》の花のごとく、簡単に、ポトリと地面に落ちたのだ。

千年の間、燻《くすぶ》っていた静かな怒りが、「うんざり」という言葉と、外道丸《げどうまる》のこの一太刀に込められていた。落ちた酒呑童子の首は、再び、ゆっくりと目を閉じた。

『な、なぜ……なぜ……？』

ミクズの戸惑いの声が、脳内に響く。

すでに顔も口もない。だが、呻《うめ》き声のようなものが聞こえてくる。

やがて、ミクズの首の断面からは、ドロドロと黒い泡が溢《あふ》れ出す。

それは血のように見えるが、全く別の、おぞましい何かのようでもあった。

「今だ……っ、大魔縁玉藻前を捕えろ！」

茜が叫び、このタイミングで、様子を見守っていた陰陽局《おんみょうきょく》の退魔師たちが一斉に霊符を投げる。

地面に巨大な五芒星《ごぼうせい》が浮かび上がり、首のないミクズの手足の動きが封じられる。

まだミクズは死んでない。

しかしこの弱った状態であれば、おそらく獄卒術で、ミクズの魂を完全に地獄《じごく》送りにできる。

しかし真紀や来栖未来はまだ、ミクズの中に……

「!?」

その時だった。

退魔師たちが放った霊符や金縛りの術が、ミクズの体から放射状に放たれた光によって、全て弾《はじ》き飛ばされる。

感じ取れたのは、真紀の真っ赤な霊力だった。

――ああ、そうか。

真紀のやつ、ミクズの体内に持ち込んだ童子切《どうじきり》で、ミクズの魂を斬ったのだ。

おそらく俺が、すげ替えられた酒呑童子の首を斬ったのと、ほぼ同時。

だからあんなに、簡単に酒呑童子の首を斬ることができたのだろう。

魂がなくなれば、獄卒はその魂を地獄に落とすことはできないし、罪を償わせることも、地獄の責め苦を味わわせることもできない。

魂を消滅させること――それは最大級に冷徹で残酷な仕打ちでありながら、最大級の救いでもある。

ミクズはもう、生まれ変わることができない。

その代わり、もうこれ以上、苦しむこともないのだ。

地獄行きブラックリストの先頭に立っていたミクズであるため、閻魔大王《えんまだいおう》には少し何か小言を言われてしまうかもしれないが、もはやそれもどうでもいい。

魂の消滅。

それが真紀の選んだ復讐《ふくしゅう》ならば、俺も、この方が良いような気がしていた。

「真紀！」

「未来……っ！」

光の中に投げ出された、二人の影を見た。

俺が真紀を受け止め、茜は深影から降りて、地面に転がる来栖未来に駆け寄る。

真紀の周りには黒い靄《もや》がまとわりついていて、なぜか泥と砂のようなものにまみれていた。しかしそれも、次第にシュワシュワと泡になって消えていく。

「真紀、真紀！」

「……か……おる……」

「ミクズは死んだ。もう、全部、終わった！」

真紀はもう、これ以上は絶対に体を動かせないと思う。

体の傷もさることながら、魂が疲れ果てている。

そのくらい、全てを消耗していた。意識も朦朧《もうろう》として見える。

「もういい。お前は何もしなくていい……っ、もう十分頑張ったよ」

今日この日まで必死に戦った、彼女の体を抱きしめる。

そもそもが、瀕死《ひんし》の重傷を負った体だった。

痛みを超え、何も感じない、ただただ虚《うつ》ろな意識の中、真紀の目は俺を見上げて涙を浮かべている。

向こうに、血だまりに沈む、来栖未来も転がっている。

生きているのか死んでいるのかはわからないが、茜が必死になって声をかけていた。

来栖未来は、真紀以上に重傷だ。早くこいつらを治療しないと……

「おい、馨」

「え?」

茜がある方向を指差す。

俺もまた、茜の視線を追い、戦慄する。呼吸が止まりそうになる。

首のない女狐《めぎつね》の亡骸《なきがら》が、

『……首……首……』

どこからか声を発して、その場をゆらゆらと彷徨《さまよ》っていたのだ。

あれはミクズの肉体の成れの果て。魂すらない、壊れた容《い》れ物。

朽木《くちき》のように痩せ細ったミクズが、地面に転がる、あるものに手を伸ばしていた。


——酒呑童子の首。


俺はゆっくりと目を見開く。

酒呑童子の首を手に入れたなら、ミクズは再び、復活してしまうのではないだろうか。

そんな嫌な予感、怖気《おぞけ》がして、俺は咄嗟《とっさ》に獄卒術を使おうとした。

何か、何でもいい。奴を止めなければ、と。


「え……？」

そんな俺たちの周囲に、いつの間にか金色の光が集っていた。

いや、黒点蟲《こくてんちゅう》と対をなす、黄金の妖星蟲だ。

それは叶《かのう》の式神であるクズノハが体内で飼っていたもので、ヒラヒラ、ヒラヒラと、蝶《ちょう》のように優雅に舞う。

首のない女狐の肉体もまた、その金の蟲《むし》によって覆い尽くされる。

女狐の亡骸の手が、酒呑童子の首に届くことはない。

その指先にも妖星蟲が止まって、そこからミクズを、齧《かじ》っていく。

ああ……。彼女の肉体は、すでにあちこち虫食いだらけだ。

千年前、俺たちを追い詰めた仇敵《きゅうてき》。

ミクズだったものが倒れ、その姿が見えなくなるほど金の蟲によって覆い尽くされ、食い尽くされていく。

今もまだ鳴り続ける、黒点蟲を祓《はら》う鐘の音。

まるでそれは、ミクズという宿敵を葬送する、鎮魂の鐘の音のよう。

やがてミクズの骸《むくろ》に群がっていた妖星蟲は飛散し、女狐の肉体は、あの時の叶と同じように跡形もなくなって消えてしまっていた。

ハッとして空を見上げたら、浅草の空を覆っていた黒点蟲も大方が祓われており、この浅草に、光が差し込む。

まるで雨上がりの空のようだ。

「シュウ……様……」

真紀が、もう痛みすら感じないであろう体を引きずっていた。

彼女の視線の先には、千年前に切り落とされた鬼の首がある。

その首は、再び眠るように目を閉じ、静かに転がっている。

痛みすら感じないであろう体を、引きずって、引きずって、血まみれの右腕を伸ばし、真紀はその首に触れる。俺はそれを、止めようとはしなかった。

彼女はこれを、千年、捜し続けた。

彼女はこの男を、千年、愛し続けた。

彼女にとってそれは、たとえどれほどの時間がかかろうとも、絶対に取り返したかったものだった。

きっとこの首も、最愛の妻の元に帰りたかっただろう。

伝説の鬼・酒呑童子の首が、やっと、茨姫の腕の中に……

「〜〜くっ、シュウ様……っ」

真紀は体を丸めて首を抱き、声を絞るようにして、泣いていた。その体は震えていた。

やがて全ての感情が弾け、生まれたばかりの赤子のように、声を上げてわあわあと泣く。

人ってこんなに泣けるんだというくらい、ボロボロ、ボロボロと涙が溢れていた。

「真紀……っ」

俺はそんな真紀を見て我慢ができず、酒呑童子の首を抱く真紀ごと、覆い被《かぶ》さるようにして抱きしめた。そして彼女の頭に自分の顔を押し当てて、一緒に泣いた。

「馨、馨。やっと……私たちやっと」

「ああ、そうだ。終わったんだ……っ」

物語が終わる。

酒呑童子と茨木童子の伝説が、幕を閉じていく。

たった一つの首を巡る、千年の戦いに決着がついたのだ。

それは同時に、俺たちの解放を意味する。

俺たちはもう、前世にとらわれる必要はない。

やっとただ一人の人間として、未来を歩むことができる。

俺たちは、前を向いて生きていくことができるのだ。

酒呑童子と茨木童子。

涙で霞《かす》んだ景色の向こうで、とある鬼夫婦が俺たちに微笑《ほほえ》みかけ、そして、背を向けて去っていった。

二人仲良く手を繋《つな》いで。金の蟲に誘われて。

そんな幻影を、見た気がした。

《裏》青桐、子どもたちの未来を任される。

「……………終わりましたか」

東京スカイツリーの展望台から、浅草《あさくさ》の様子を見ていた。

今まさに大魔縁玉藻前《だいまえんたまものまえ》は討ち滅ぼされ、跡形もなく消滅したようだ。

「青桐《あおぎり》、我々は行かなくてよかったんだろうか」

「……行っても邪魔になっただけですよ、ルーさん。我々にできることは、彼らが大魔縁を倒す状況を整えることだけです」

「叶と同じに、か」

「ええそうです。叶さんのやってきたことと同じです。彼には何もかもわかっていました。最終的に大魔縁を倒せる者は、茨木真紀《いばらきまき》、天酒馨《あまさけかおる》、そして来栖未来《くるすみらい》であること。その三人が揃《そろ》ってやっと倒せるということ。その話は、茜君《あかね》にもしていました」

叶冬夜《かのうとうや》という男は最後の戦いが始まる前に、陰陽《おんみょう》学院の同級生、そして陰陽局の同期であった私に全ての計画を話していた。

そして陰陽局がどのように動けば良いか、指示を出していたのだった。

何もかもが終わった現場には、すでに救助隊が向かっている。

死傷者もかなり出たというが、鵺《ぬえ》様が類いまれな治癒の力を使い、多くの退魔師の命を助けてくださったという連絡も入っている。

大魔縁玉藻前という、日本史上最悪の大妖怪を倒した英雄たちを、ここで死なせてはいけない。

我々はこの英雄たちを保護し、今回の戦いで負った傷を可能な限り癒《いや》し、守らなければならない。それが、子どもたちに全てを託すしかなかった、我々大人のやるべきことだ。

叶冬夜は言っていた。

大魔縁玉藻前を倒したからといって、何もかもが終わるわけではない。

この先の未来が大事なのだ、と……

私の真横を、ひらひらと金色の蝶《ちょうちょ》々が舞う。

「ええ、わかっていますよ、叶さん。子どもたちのことは、僕に任せてください」

そう言うと、金の蟲は僕の側《そば》から離れて行き、やがて光の泡となって消えた。


「大丈夫ですか、茜君」

陰陽局の病院に運ばれた者たちの中に、直属の部下の津場木《つばき》茜がいた。

茜君は両手に大魔縁の呪いを負い、重傷を負っていたけれど意識はあるようだった。

「俺は……っ、全然大丈夫っすよ」

強がってそう答えてくれたが、熱っぽく顔は真っ赤で、全く大丈夫には見えない。

「それより未来が、未来が一番ヤバい……っ。青桐さん、あいつを助けてやってくれ」

「ええ、わかっています。絶対に助けますから。……茜君もう、休んでください」

私がそう言うと、茜君が安心したように小さく笑い、そのまま気を失った。

茜君は前もって指示を出していた任務の通り、大魔縁玉藻前に部分封印を施す役目だった。

我々退魔師は〝SS級大妖怪の大魔縁〟という、前代未聞な強敵を前に、たった一人で一撃で敵を葬るような力を持たない。

ゆえに、このような大妖怪相手には、部分封印を何度となく打ち込み、力を削って弱らせた果てに討ち倒すか、地脈を利用し、重しのある土地に全体封印をする以外、できることなどない。

それすら、何人もの凄腕《すごうで》の退魔師を犠牲にする覚悟で、敵に立ち向かう策だ。

今回も、津場木茜という若きエースに、大魔縁の呪いを負わせることになるだろうとわかっていて、この任務を担ってもらった。

並みの退魔師では死んでいる仕事だった……

「茨木さん、天酒君」

二人が担架で運ばれてきた。

二人とも意識はなく、極度の霊力消費状態で、重傷だ。

この二人は、まだ陰陽局の退魔師というわけではないのに、今回、かなり無茶をさせる羽目になってしまった。

茨木さんは元々、死の淵《ふち》を彷徨《さまよ》うほどの重傷を負っていた。

天酒君は、そんな茨木さんの魂を迎えに行くため、地獄《じごく》から帰ってきたばかりだった。

無論、今回の戦いは、この二人の抱える千年前の因縁の結果でもあるのだが、それでも、まだ高校生の二人の力に頼らざるを得ないのは、我々陰陽局の大人たちの不甲斐《ふがい》ないところでもある。

そして……

「未来君」

今回、最も重傷を負っている来栖未来。

彼は元々、あやかしに両足を食われているが、今の姿も目を背けたくなるほどの負傷で、この状態からどの程度、元に戻るかは予想もつかない。

聞いた話によると、自殺行為に思えるような戦い方をしていたらしい。

彼の境遇や、心境を思うと、それも理解できる。

そして、それを利用し、けしかけたのも我々陰陽局だ。

しかし彼が戦ってくれたおかげで、結果的にはミクズを追い詰めることができた。

来栖未来の存在は、その名前の通り、陰陽局の未来だ。

この先、彼が生きていける環境を整えて、力や呪いをコントロールする術を教え、心身共に癒していかなければならない。

そして、その力を惜しみなく発揮できるよう導いてやるのが、陰陽局の使命である。

今回は茨木真紀、天酒馨、そして来栖未来という、千年前の英雄たちの転生者が揃っていた。

叶さんは、この三人が力を合わせてやっと、大魔縁玉藻前を倒せるだろうという計算であった。

だから、その前提を整えて欲しい。

自分は絶対に、黒点蟲《こくてんちゅう》を祓うから、と……

全くもって、叶さんの予言の通りになった。

運命の三人は大魔縁玉藻前を討ち倒し、浅草の空は晴れて、平和が訪れた。

スカイツリーの上から見える、浅草に差し込む光が幻想的で、新しい時代を予感させる。

千年前から続く因縁にも、きっと答えが訪れたのだろう。

「それで叔父様。茨城真紀、天酒馨、来栖未来——彼らは無事、生き残ったのだね」

広い会議室には、私しかいない。

しかしモニター越しに会話しているのは、京都陰陽局に所属する土御門《つちみかど》カレンである。

彼女は私の姪《めい》に当たる者で、陰陽師の名門土御門家の次期当主。加えて、京都陰陽局の次期陰陽頭《トップ》になる存在だった。

「まあ、相手が相手ですので。治療が長丁場になりそうな者たちはいますが、一応生きています」

「酒呑童子《しゅてんどうじ》の首を奪われたのは、京都陰陽局の落ち度だ。可能な限り治療を担おう。あやかしの呪いに効く、宝果の提供も惜しまない」

「ありがたいです。流石《さすが》に宝果は、そちらでしか取り扱いができないですから」

宝果とは、茨木さんの霊力回復にも役立った果実だ。

それは我々退魔師にとって、あやかしから受けた呪いを浄化する薬にもなる、極めて貴重な果実でもある。

宝果は京都陰陽局に与《くみ》する一族が育てており、京都陰陽局経由でしか手に入れることができないため、呪いを負ったものを東京で長期的に治療するのは困難だろう。

茨木さんや天酒君は、大妖怪の生まれ変わりというだけあって呪い耐性が強く、今回、大魔縁玉藻前の呪いを受けることはなかったのだが……

真人間の茜君と未来君は、違う。

彼らには、現代の陰陽界が持ちうる最大の治療を、施してあげなければならない。

「なあに。退魔師なんて、あやかしの呪いを背負って一人前という言葉もある。これは、一生付き合い続ける病のようなもの。呪いを精査し、日々同じ儀式を繰り返し、薬を飲み続ければ良いだけのこと。京都にはバックアップの手段が揃っている。こんな呪いは、大したものじゃないと思える日が、いつかくる」

カレンさんは口元で指を組み、大人びた口調でそう言った。

確かにその通りで、退魔師を長年やっていれば、あやかしに呪われることはそれほど珍しいことではなくなる。私も一つや二つ、もっている。

いわば職業病のようなものなのだった。

「しかし……全て叶の予言通りの結果、か。計算高い常世《とこよ》の九尾狐《きゅうびのきつね》の本質を見せられたようで、逆に、この先が恐ろしいよ」

「……それは、確かに」

常世の九尾狐が厄介で恐ろしい存在であることは、玉藻前と叶冬夜という存在によって、嫌でも思い知らされる形となった。

彼らは長い寿命を武器に、人間では到底叶《かな》わないスパンでの長期的な計画を練り、実行に移すことができるのだ。

今回は叶さんが力を尽くしたことで侵略を防ぐことができたが……

我々は今後、何をすることで、現世《うつしよ》の人間社会を守っていけるだろうか。

「しかし凄《すご》い世代です。来年、陰陽学院に入る子どもたちは。もちろんカレンさんを含めて。京都は凄いことになりそうで、羨ましい限りです」

「よくいう。叔父様は我々が手塩にかけて育てたところを、ちゃっかり引き抜いて行くつもりのくせに。叶もそうやって持って行かれた」

「あはは。姫にそんな風に言われると、なかなかキッいですね。ただ、叶さんの場合は、僕は何もしていないですよ。あの人の壮大な計画において、必要な工程だったというだけで。僕のようなただの人間が、どうこうできるような人ではありません」

「ふふっ。それはそうかも」

カレンさんが口元を両手で押さえ、年相応の少女らしい顔をして笑った。

しかしすぐに、少しばかり寂しげな目になる。

「叶冬夜は……実に惜しい人間であった。私が京都陰陽局の陰陽頭になったあかつきには、偉大なご先祖様の生まれ変わりである彼を尊重し、その力を存分に借りたいと思っていたのだが、それももう叶わない。本当はこの先にこそ、必要な人材だった」

「…………」

「とはいえ、残された者たちがいる。叶が、命がけで幸せにしたいと願った者たちが」

「ええ。その通りです。カレンさん」

私は眼鏡を押し上げる。

「茨木真紀、天酒馨、来栖未来……この三人は、あやかし相手には、大人顔負けの驚異的な能力と、影響力を持っています。しかし、人間の世界ではまだまだ子ども。我々が、彼らの未来を守らなければなりません。彼らの人生は、これからが長いのです」

そして淡々と、この先の憂いについて語る。

「SS級大妖怪玉藻前の脅威が去ったとはいえ、それに匹敵する脅威は多々あります。日本にはまだ、封印されている第六天魔王もいます。それに、京都にはSS級大妖怪と同格のあやかしたちが、数多く睨《にら》み合っている。常世の動向も気がかりです」

「……そうだね。何より、あくどい人間たちもわんさといる」

今後の人生において、彼らはきっと、あやかし以上に扱いづらい敵に遭遇するだろう。

それはあやかしでもなく、常世の九尾狐でもない。

この世に溢《あふ》れた、とても身近な〝人間〟という存在である。

まだ、ほんの十八歳の子どもたちだ。

彼らを利用しようとする陰陽界の権力者や、自分たちの立場のために彼らのことを排除しようとする人間も出てくるだろう。

私もカレンさんも、そういう者たちと、どうでもいい戦いを繰り広げてきたものだ。

「はあ。頭が痛いよ、助けて叔父様」

今まで大人びた会話をしていたのに、急に肩を落として、弱気なことを言って助けを乞うカレンさん。

この歳《とし》で、素直に助けを求めることのできるところがカレンさんの凄いところであり、姪ながらに末恐ろしく、怖いところでもある。

「もちろん。全力でお助けしますよ、カレンさん」

「うーん、いまいち信用ならないな。叔父様の、眼鏡の向こうの笑顔は」

「どうしろと？」

「じゃあ、まずは京都に戻ってきて。口うるさい土御門の連中は私がどうにかするから」

「それは無理です」

「ほら～」

私がにっこりと笑うと、カレンさんは大きく仰《の》け反って僕の方に指を突きつけ、もう一度「ほら～」と言った。

時々こんな風に、年相応の姪っ子らしい反応をするのも可愛《かわい》らしい。

しかし僕も、東京陰陽局でやらなければならないことが山積みなので、姪に甘い顔ばかりしていられないのだった。

「カレンさん。足を止めてばかりもいられません。常世の九尾狐たちが、今後どんな形で現世に侵攻してくるかわからない。今回は、運よくワームホールを閉じ、阻止できただけの話なのです。影の英雄、叶冬夜は、もういないのだから」

言いながら、私も少しだけ、寂しいような切ないような気持ちになる。

やはりあなたがいないと、心許《こころもと》ないですよ、叶さん。

「ああ。そうだ。叶はもういない。だけど人とあやかしの戦いは終わらない。人とあやかしの交流もまた然りだ。ゆえに、人とあやかしを繋《つな》ぐことのできる、類いまれな英雄たちに、これからも力を借りなければならない」

一方でカレンさんは、自身もまた次世代を担う者として、大局を見据えていた。

「この世と、人とあやかしの、未来のために――」

どんなに平和を願っていても、脅威は必ずやってくる。

寿命の短い人間にできることと言えば、次世代に、願いを、希望を、繋いで行くことだけ。

こんな戦いがあったのだ、こんな英雄が命をかけて守ったのだと、記録し、語り継ぐことだけだ。

千年後、この戦いも、きっと伝説になる。
未来のために戦った者たちの、語り継がれるべき物語だ。

第五話　夏の受験戦争

これは、あのミクズとの最終決戦後の物語。

私たちは各々が大怪我《けが》を負ったり、死にかけたり、黒点蟲《こくてんちゅう》の振り撒《ま》いた妖気の後遺症に悩まされ、呪われたりして大変だった。

だけど陰陽局《おんみょうきょく》の医療班が凄く優秀で、京都陰陽局の支援もあったりして、一、二ヶ月もすればそれぞれが日常生活を送れるレベルには回復したのだった。

まあ、私と馨《かおる》に至っては、その驚異的回復力に陰陽局の医療班をドン引きさせてしまった、とかもあったけれど……

浅草《あさくさ》も、あんなことがあったのに、人々はすでに日常を取り戻している。

あの時、ミクズが暴れた浅草寺《せんそうじ》付近は壊滅的だったが、事前に青桐《あおぎり》さんが刻手繰《ときたぐ》りの術というのを施してくれていて、私たちが目を覚ました時には、何事もなかったかのように、元の姿に戻っていた。

それは修繕とも違って、ものの時間を巻き戻す術らしく、歴史的な遺産にケチが付くこともないとか、何とか……

しかし、平穏な生活を取り戻したかと思いきや、私と馨は、新たなる戦争の真っ只中《ただなか》にいた。

何せ、私たちは至って普通の高校三年生。

そう――受験戦争である。

「うわ……馨君、すっかり受験生モードだね。少し前まで大怪我してたのに、よくやるよ」

「そうなのよ。馨ったら私と一緒に京都に行きたいからって、目標の大学を東京の私大から、京大に切り替えたのよ」

「いくら馨君でも、京大はちと厳しいんじゃないの」

「東大と京大は、そういうのに疎い私でも次元が違うイメージはあるわね。天才の由理《ゆり》ならともかく……まあ馨も頭いいんだけどさ……」

私とスイがヒソヒソ話していた会話が筒抜けだったようで、

「おいお前たち、うるさいぞ」

馨が気難しい顔をして、ひょこっと顔を上げる。

ここは浅草の国際《こくさい》通り近くにあるスイの千夜《せんや》漢方薬局で、馨は由理に勉強を教わっているのだった。

「二人とも素直に馨君を応援してあげなよ。一生懸命頑張ってるんだからさ。馨君は凄いよ。前よりずっと勉学に対して貪欲なんだから」

と、キラキラ笑顔で嬉《うれ》しそうにしている由理。

「そうだぞ。俺は超難関の上級獄卒の試験を制したのだ。大学受験くらい、どうにでもしてみせる」

と、やる気が漲《みなぎ》っている馨。

「……すっかりガリ勉になって、馨君」

「まあ、馨はやる時はやる男よ。私は信じてるわ」

地獄《じごく》での猛勉強がいい経験になったのか、馨は受験勉強に前向きだった。

アルバイトも最低限に抑え、日夜勉強に励んでいる。(だけど時々、獄卒のお仕事はしているらしい……)

「てか、何で馨君は毎日毎日、うちの薬局を自習室にしてるわけ?」

不満顔のスイが、いよいよつっこんだ。

そう。馨は夏休みの間、毎日毎日スイの薬局に通って勉強しているのだった。

「仕方ねーだろ。夏休みの間は部室が使えなくなったんだからよ。それに、この机が広くていい。由理に勉強を教わるのにちょうどいいし、冷房も効いてるし、茶も勝手に出てくるしな」

その時ちょうど、スイの薬局で働くカブの精霊が、馨に「はいでつ」と言ってお茶のおかわりを持ってきた。こういうことだ。

「あのねえ、うちを居座りオッケーなサ店代わりにしないでくれます？　お客だって来るのに」

「平日なんてほとんど客来ねえだろ。お前ちゃんと稼げてんのか？」

馨のこの煽《あお》りにスイはまんまとのせられて、目をつり上げて反論した。

「ムキーッ！　俺は長い付き合いのお得意さんをわんさと抱えてんだよ！　店は宣伝と来店のお客さんのために一応構えているだけって！　基本は訪問なの！」

あ、ごめん。

私もてっきり、胡散臭《うさんくさ》い店構えと胡散臭い店主のせいで、あまりお客さんがいないのかと思っていた……

「ふん。志望校のハードルが高いのはわかってんだよ。だけど仕方ねーだろ。真紀《まき》が京都の陰陽学院に行くってんだから。俺は真紀の監視を閻魔大王《えんまだいおう》から命じられている。即《すなわ》ち、一緒に京都に行く義務がある」

馨は飄々《ひょうひょう》と語り、お茶をすする。

「でも、京都の大学って他にも色々あるでしょ？　あんた、お父さんに私立でもいいって言われてるんだから」

「馬鹿野郎。青桐さんが言ってただろ。京大には陰陽局の隠れサークルがあるって。真紀とは違う方向からそういう世界に身を投じるべく、俺は〜」

「う、うん、わかった。ごめん。もう邪魔しないから……」

馨はむしろ、ハードルの高い大学を目指すことを楽しんでいるようだった。

馨らしいっちゃ馨らしいけど、勉強嫌いの私には、よくわからない感覚だわ。

もともと馨は頭がいいし、私よりずっと器用に好成績を収める男だった。

だけど馨はアルバイトして稼ぐ方が好きだったし、本気で勉強に取り組むところは今まであまり見たことがなかった。

まあ私よりずっと勉強はしてたけれど、テスト前に頑張る程度、という感じだった。

高校受験の時も余裕そうで、私の勉強の面倒を見ていたくらいだ。

本気にならなくても良い成績が取れるから、今まではそれでよかったのよね。

ただ、大学受験を機に本気で勉強を始めた馨の成績の上がり方はえげつなく、模試の結果はぐんぐんと上がっていって学校の先生や生徒たちを驚愕《きょうがく》させていた。

我が旦那ながら、恐ろしいまでのハイスペ男子である。

一方私はというと、一般的な大学や短大を受けるわけではないので、馨とは違った受験対策をしていて……

「あ、私もそろそろ行かなくちゃ。青桐さんとルーが待ってるわ」

「茨姫《いばらひめ》様も受験対策ですか？」

ミカからおもちを受け取り、私は「まあね」と答えた。

「陰陽学院への四年次編入って、霊力値さえクリアしていれば問題ないらしいんだけど、私って退魔師としての基礎知識はほとんどないから、少し勉強しているの。陰陽術も古いのしか知らないし」

「現代陰陽術は色々と簡易化されているから、古いものがわかっていれば、すぐに理解できると思うけどね」

と、馨に勉強を教えていた由理が顔を上げ、サラッと言う。

「そりゃ由理は理解できるでしょうけどね……私、繊細なことは苦手だから」

「うーん、確かに。真紀ちゃんは有り余る霊力で全て解決してきたからね……」

「そうそう。ワンパンでだいたいのことは決着がついたし」

前に津場木茜《つばきあかね》に言われたことがあるけれど、私は自他共に認める脳筋タイプだ。

別に何も考えてないわけじゃないけれど、わざわざ術を学ばなくても、霊力を込めた右ストレートで殴るか、霊力を込めた刀で一刀両断するか、霊力を込めた釘《くぎ》バットで場外さよならホームランするだけで、とりあえず何とかなってきた。

まあ要するに、自分の霊力に「こうこう、こうしたい」って願いを込めてぶっ放すだけで、それが叶《かな》ってきたのだ。

しかし陰陽術を学ぶとなると、自分の要望や命令を術式に込め、形式や様式を守って術を行使する必要がある。

もともと、前世が茨木童子《いばらきどうじ》というだけあって、霊力値には相当恵まれている。

これを、あらゆる状況に対応できるよう使いこなすことが、今後の私の目標だ。

まあ確かに、私にできることって今のままだと大雑把なことばかり。

もっと細やかなことができるようになったら、陰陽局の任務を任されることになっても、ミッションに幅が出る、とのことだ。

青桐さんめ。もう私をこき使う気、満々だ。

○

これは、ミクズとの最終決戦の直後のこと。

大怪我を負った私たちは気を失ったのだけれど、ハッと気がついた時には、東京陰陽局の病院のベッドの上だった。

私はもともと横腹に大怪我を負った状態で最終決戦に挑んだものだから、その影響もあって一週間近く意識が戻らなかったようだ。

馨もそう。地獄から帰ってきてすぐに最終決戦に挑んだものだから、蓄積された疲労は相当なものだったらしく、私より目覚めるのが二日遅かった。

異界を経由するのって凄《すご》く体力と精神力がいるらしい。あと、時間の流れの違いから、時間酔いっていうのが後からやってくるんですって。

やっぱり私たち、脆《もろ》く儚《はかな》い、人間なのよね。

病院のベッドの上で、痛み止めすら効かない体の痛みをジンジン感じながら、つくづく思ったものだった。

「よお、お前も無事に生き返ったか、茨木《いばらき》」

「津場木茜……」

私が目覚めた翌日、津場木茜が一度だけ顔を出してくれた。

彼は両手を、包帯と仰々しいお札でぐるぐる巻きにされて面白いことになっていたが、一応、元気とのことだった。

ただ、そこに来栖未来《くるすみらい》の姿はなかった。

おそらく、あの最終決戦で最も大怪我を負ったのが彼だったはず。

彼の戦い方は、生き残る戦い方じゃなかった。

これで死んでもいいと思って、命を削りながらミクズに攻撃をしていた。

自分を犠牲にして、私や馨を、生き残らせようとしていた。

それが痛いほど伝わってきたから、私も、必死になって彼を助けようとしたのだ……

生き残った先に、私たちの未来に、前世とは違う関係性を作り出せるのではないかと思ったから。

「ねえ、来栖未来は？」

彼はどうなったのかと聞いたら、津場木茜は低く唸《うな》った後、少し小声になって教えてくれた。

「一命はとりとめた。だがミクズの強い呪いによって全身を焼かれ、蝕《むしば》まれていた。ここの治療じゃ間に合わねえから、京都に運ばれて、あっちの施設で治療を受けている」

「……そう」

もともと、多くのあやかしたちの呪いをその身に背負って生まれてきたのが、来栖未来だった。彼は稀代《きたい》の退魔師、源頼光《みなもとのよりみつ》の生まれ変わりでもあったから。

そんなことを一つも知らず、自分が背負う前世も、恐ろしい呪いの正体もわからないいま、来栖未来は一般家庭で生まれ育ったという。そして、何もわからない、理解できない両親に捨てられ、バルト・メローの狩人《かりゅうど》として生きる他なかったのだ。

ミクズの呪いをも背負い、来栖未来は、これからどうなるのだろうか……

私にはもう、来栖未来が何者かの生まれ変わりだなんて意識はなく、ただ、彼の回復を心から願っていた。

○

陰陽局東京スカイツリー支部にやってきた。

最近はよく放課後にここへ来るので、以前のような緊張感もなく、リラックスした状態でこの組織のオフィスに出入りしている。

おもちを見ると青桐さんが喜ぶので、今日もおもちを連れて来た。

青桐さんは大人なお兄さんなのに、可愛《かわい》いモフモフしたあやかしが好きなのよね。

「茨木さん、お疲れ様です。おもちちゃんもよく来てくれましたね〜」

「ぺひょぺひょ」

私よりおもちの方が目当てなのでは？　という勢いで喜ぶ青桐さん。

おもちもおもちで、お菓子やジュースをくれる優しいお兄さんに露骨に抱きつき、媚《こび》を売る。私を放置して、青桐さんとおもちの触れ合いタイムが始まる。

「ルーも、あんな風に毎日モフモフされてるの？」

「バ、バカ！　真紀！」

乙女の表情で、真っ赤になって照れているのは黒髪のエキゾチックな美女、ルー。

青桐さんと一緒に任務をこなすルーは、元々異国から連れてこられた人狼《じんろう》だ。

今は青桐さんと共に、日々の任務をこなす良い相棒になっているようだ。色々あったけど、結果的に幸せそうなので、本当によかった。

私は早速、会議室のようなところへと通された。

慣れた様子で、会議室の椅子にドカッと座る。その勢いで、椅子が一周クル～と回った。

「ねえ青桐さん。津場木茜は？」

「ああ、茜君は京都に行ってます。夏休みですし、未来君のことが気になるみたいで」

「その……来栖未来も、元気にしてる？」

「ええ。もちろん元気ですよ」

青桐さんは目をパチクリとさせた。

来栖未来が一命をとりとめたというのは聞いていた。

その後の回復も順調で、心配だった呪いの件も、何とかなりそうだと報告を受けていた。

だが、あの最終決戦からずっとずっと、私は来栖未来に会っていない。

京都で元気にやっていると聞いていても、時々ふと、心配になる。

だって、あの子の傷は、体だけではないもの……

私の複雑な心境を察してくれたのか、青桐さんはクスッと笑う。

「ご心配なく、茨木さん。未来君は以前よりずっと、生きることに前向きになっているように思います。色々と、彼へのサポート体制も整ってきました。ただ、未来君はこのまま京都で治療を続けることになるでしょうね。会えるのは、まだ先のことかと」

「……そう」

「意外ですね。あなたが未来君のことを心配しているなんて」

「…………」

「憎らしくはないのですか？　茨木童子と酒呑《しゅてん》童子にとって、彼は前世の仇《かたき》でしょう？」

私たちの関係性を知る者からすれば、もっともな質問だ。

私は視線を落とし、フッと笑う。

「……私だってびっくりしてるわ。来栖未来に対しては、もう、何の憎しみも葛藤もないのよ」

驚くほど、綺麗《きれい》さっぱり、負の感情がない。

彼は、あのシュウ様の首を落とした、源頼光の魂を宿しているはずなのに。

前世では、憎悪の感情から大魔縁《だいまえん》に成り果て、どこまでも追いかけて殺してやると思っていたのにね。

だけど……

「今は、幸せな人生を歩んで欲しいと思ってる。私や馨、眷属《けんぞく》たちだけじゃなく、あの子にも」

今世こそ幸せになりたい。

その願いは、もう、私と馨だけのものじゃない。

「叶冬夜《かのうとうや》にも、同じように思っていますか？」

「え……？」

唐突な問いかけに、私は青桐さんを見て、目をぱちくりとさせる。

そしてしばし、考える。

「……そうね。叶先生には、むしろ感謝しかないわ。私の大切な浅草を守って、私に多くのことを気づかせてくれた人よ」

叶冬夜。

彼もまた、前世の仇である安倍晴明《あべのせいめい》の生まれ変わりだった。

だが、転生を繰り返し、安倍晴明だけでなく多くの人生を抱えていた人物でもあった。

今になって彼の背景にあったものを知り、一つ一つの言動や行動の意味を思い知る。

彼が私たちの目の前に現れた日の、あの不穏な空気が、今や懐かしい。今ではもう、浅草を救ってくれたあの人には、感謝と尊敬の念しかないもの。

叶先生が、私たちの〝嘘《うそ》〟を暴こうとした理由がよくわかる。

知らなければ、こんな風に、関係を変えていくことなどできない。

知らなければ、凝り固まった感情を揺さぶって、大きなうねりを作り出すことなどできないのだ。

相手の、本当のことを、ちゃんと知らなければ……

「大丈夫。未来君には茜君がついています。茜君にとって源頼光は遠い先祖のようなものです。彼の、幼い頃からの憧れの英雄でもあります。放ってはおけないでしょう」

「まあ、津場木茜はああ見えて世話焼きだしね」

「そうそう。茜君は末っ子のくせに、世話焼きで面倒見がいいんですよ」

一同、ワハハと笑う。

おもちもつられて「ぺひょひょ」と笑っている。

きっと今頃、津場木茜はくしゃみでもしているに違いないわ。

「ほーんと、出会った頃から、みんな、随分と印象が変わったなあ……」

椅子の背もたれにもたれて、天井を見上げながら、私は思わず呟《つぶや》いてしまった。

津場木茜も、青桐さんも、最初は嫌いな陰陽局の人間だった。

今や、自分が彼らの仲間になろうとしているんだから、人生って何が起こるかわかったものじゃない。本当に不思議だ。

「茨木さんだって。初めて会った時より随分と丸くなりましたね」

「なに言ってんの？　私は最初から優しいわよ」

「あはは」

「あははって何よ。ここは笑うところじゃないわよ」

「だって茨木さん、初めてここに来た時、もの凄くピリピリしてたじゃないですか。それに、うちの式盤を殴って壊していきました。あれは茨木さんの霊力値も相まって衝撃的でしたね。あの式盤、一千万したのに」

「……え？　な、な、なんのことカシラ……？」

そういえばそんなこともあった。

すっとぼけて何もかも忘れたふりをする私の顔面は、冷や汗まみれ。

一方で、眼鏡を光らせてニヤニヤしている青桐さん。

何もかも理解した。

この腹黒眼鏡のお兄さんは、私を退魔師にして働きアリのごとくせっせと働かせて、あの時の一千万の元を取るつもりなんだわ！

「さあ、茨木さん。世間話をしている場合ではありません。この書類を書いてしまってください。それを書かないと奨学金が出ませんよ」

「え、ま、待って。それはキツい……っ」

私が書類を書いている間、青桐さんは改めて教えてくれた。

「京都の陰陽学院を卒業した後、五年間京都陰陽局に所属し、しっかりと任務をこなして働けば、この奨学金はチャラになる仕組みです。その後は辞めてフリーになるもよし、京都陰陽局に残り続けるもよし、東京陰陽局に戻ってくるもよし！　というか、戻ってきて欲しいですねえ、人材不足の東京《うち》としては……」

「い、一千万の元をとるために……？」

「そうですね。そういうことにしておきましょうか」

「…………」

ちゃっかり弱みを握られている。これからの私にとって、一番怖いのはこの青桐さんなんじゃないかって気がしてきた……

しかし、陰陽局の次世代を育む仕組みは素晴らしい。

私は実質、学費タダで勉強をして、職を得ることになる。

京都にある〝陰陽学院〟は、世間一般的には専門学校という位置付けだが、この業界では最大の退魔師および陰陽師の育成機関であり、あやかしや怪異、この世の裏の問題に関わる、多くの資格を得ることができるのだった。

また、陰陽学院で多くのコネを作ることができれば、その後の業界での立ち位置も安泰。人脈がものをいう世界でもあるため、京都陰陽局に在籍し、京都に残り続ける者も多いらしい。

東京陰陽局は、そういう地盤のようなところがちょっと弱い……とのことだった。

「ま、心配しなくても浅草にはいつか絶対戻ってくるわよ。私はまた、浅草に骨を埋めるつもりだもの。そのために京都に行くようなものよ！」

「うーん、微妙に返答に困りますね、それ」

私の渾身《こんしん》のブラックジョークはさておき。

入学に必要な、諸々《もろもろ》の書類を書いてしまう。

「さて。それが終わったら、霊力値の測り直しです。学院への提出用に、ここでもう一度測り直さなければなりません。あちらは少々あなたのことを警戒しているようなので」

「警戒？　今更？　浅草を救った絶対ヒロインに向かって。京都の連中は腰抜けが多いみたいね」

「まあまあそう言わずに。もしかして、式盤が怖いんですか？」

「え……」

図星である。

また式盤で霊力値を測らなければならないということに、緊張感マックスの私。

「そもそも京都陰陽局は、ミクズに関しちゃ何にも手伝ってくれなかったじゃない。自分たちが酒呑童子の首を奪われたくせに。浅草なんてどうでもいいっての……？」

まだブツブツ文句を言ってる私の腕に、遠慮なく注射針をぶっ刺して血を採取する青桐さん。

「京都は京都で、大変なんですよ。あそこから優秀な人材を多く動かすと、それはそれで厄介なことが起こってしまったり。色々とね……」

青桐《あおぎり》さんが意味深に微笑《ほほえ》み、私から採取した血を式盤の窪《くぼ》みに流して、霊力値を測る。

そういやこの人、京都にある土御門《つちみかど》家の出だったっけ。

青桐さんはどうして東京陰陽局に所属しているのだろう。

この人すら逃げたのが京都陰陽局なのだとしたら、今後の私の人生が思いやられる。

ちなみに、私の霊力値は以前測ったものと全く数値が同じだったので、青桐さんは面白くなさそうな顔をしていた。

「茨木さんなら、倍増くらいしてるかと思った」

とか何とか。

薄々気がついていたけど、ヤバイ人だと思った。


式盤を壊すことなく、無事に霊力値を測り終えた私は、入学に必要な書類を揃《そろ》えてしまって東京スカイツリー支部を後にした。

おもちはすっかり遊び疲れて、鼻提灯《ちょうちん》を作って私の腕の中で眠っている。

「あ、手鞠河童《てまりかっぱ》たち」

言問《こととい》橋を渡り終えたところで、手鞠河童たちが、列を成してぞろぞろと移動しているのを見つけた。

どうやらカッパーランドでのお勤めを終えて、隅田川《すみだがわ》に戻ってきた奴らしい。

「今日もいっぱい働いたでしゅ〜」

「やっぱり隅田川が一番落ち着くのでしゅ」

「この濁った生臭い感じが、たまらないのでしゅ」

「ああ、愛《いと》しの隅田川」

とか何とか……

浅草の手鞠河童たちはカッパーランドに住み込んでいるものたちと、隅田川を離れられずに通勤しているものたちの二手に分かれているという。割とどうでもいい情報。

そんな手鞠河童の列をひょいと飛び越える。

「ぺひょ」

おもちの鼻提灯が割れた衝撃で、おもちが目覚めた。

そして腕の中でもぞもぞとして、下ろせ下ろせと訴える。

「ぺひょ、ぺひょ〜」

「あ、はいはい。河童たちと遊びたいのね」

おもちは、ミクズとの最終決戦の時、カッパーランドで手鞠河童たちと随分仲良くなったみたい。

聞いた話、敵の中級あやかしたちを懲らしめるべく、カッパーランドにあるものを駆使して、様々な方法で責め苦を味わわせていたんだとか。

おもちは結構、活躍したらしい。

何だっけ。ジェットコースター磔《はりつけ》の刑だっけ……

「あー。ペン雛《ひな》しゃんでしゅ」

「今日もお勤め、ご苦労様でしゅ」

そんな風に、ぺこりぺこりと挨拶し合っているおもちと手鞠河童たち。

弱小妖怪たちの戯れに苦笑しつつ、夏の風に誘われて振り返った。

「………」

夕暮れ空を突っ切って聳《そび》え立《た》つスカイツリー。

私の日常に、当たり前のように存在していたあの塔も、手鞠河童たちの住まう隅田川も、
来年には見られなくなる。

スカイツリーどころか生まれ育った浅草の地を、私は離れることになるのだ。

何だかとても、切ない気持ちが込み上げるのだった。

「考えたこともなかったわ。私が、浅草から離れるなんて……」

青桐さんには戻ってくると言ったけれど、未来がどうなるかなんてわからない。

少しずつ少しずつ、私の日常は変わっていく。

別れの時は、いずれやってくる。

寂しい気持ちは、日々募っていくのだ。

「おい、真紀」

黄昏《たそがれ》ていると、真横から私の名前を呼ぶ声がした。

声のする方を向くと、やはり、そこには馨がいた。

「馨……？」

私の、今の表情を見られただろうか。

仏頂面でそこに立っていた馨は、何を思ったのかカバンを地面に置き、両手を広げると、

「はっけよーい」

大真面目な顔をして言う。

私はじわじわと目を見開いて、グッと、込み上げる感情のまま、

「のこった！」

突進する勢いで、馨の胸に飛び込んだ。

そしてグリグリと、自分の頭を馨の胸に押し当てて、甘える。

慌ただしさの中で忘れていたが、これは私たちの定番の愛情表現だった。

「相変わらず圧が強い。勢いが凄《すご》い。傷口が開く」

などと言って、馨はケチをつけてくる。本当は嬉《うれ》しいくせに。

「どうしたの？　スイの薬局で、由理に勉強見てもらってたんじゃないの？」

「あー。まあそうなんだが、そろそろお前が帰ってくるかと思ってな。迎えに来た」

「もしかして心配になったの？　陰陽局の人間は、もうそんなに脅威じゃないわよ」

「わかっている。だけどお前、まだ怪我《けが》だって完全に治ったわけじゃねーし」

「それは馨だって同じじゃない」

「俺はいいんだよ！　だけどお前は、俺が見てねえところでいなくなったり、地獄行ったりするじゃねーか」

「……トラウマになってんのね」

あれは三社祭《さんじゃまつり》の時だった。

私は凛音《りんね》に攫《さら》われた流れで、来栖未来に刀で切られて、魂が地獄に落ちてしまった。

この怒涛《どとう》の大事件で、馨は私を失うかもしれないという強い恐怖を抱き、おそらく一生忘れられないような、大きなトラウマを抱えることになった。

だけど、この一件を通して、馨は理解してしまったのでしょう。

酒呑童子が先に死んだことで、茨木童子という鬼が抱えた恐怖や、孤独を。

だから馨は、私を地獄に迎えに来た時、一つ、約束した。

――絶対に、お前より先に死なない。

とんでもない誓約だ。とんでもない、束縛だ。

お互いに爺《じい》さん婆《ばあ》さんになるまで生きたとして、どちらが先に死ぬかなんてわからないのに、馨はそれを私に誓ったのだ。

それが、私に対する償いだとでも言うように。

「ねえ馨。本当にいいの？」

私は馨の腕の中で、ひょこっと顔を上げて、馨の前髪に触れながら問いかける。

「もう一度聞くけれど、私が京都に行くからって、あんたが自分の夢や目標を変えてまで、私についてこなくてもいいのよ？」

「……なに言ってやがる。俺の夢は、今世こそお前と幸せになることだけだ」

馨はどこか得意げな顔をして、一点の曇りもない目をして言うのだった。

「それ以上の夢や目標なんてない。お前と一緒にいられるのなら、何だってする。何処《どこ》へだって行く」

そんなことを迷いなくはっきり言ってくれる旦那様は、そりゃかっこいいしキュンとくるけど……

「でも私、京都に行ったら寮生活よ。あんたはアパートで一人暮らし。学校も違うし、普段はずっと離れ離れよ。寂しすぎるわ」

「いやそのくらい、耐えろ」

お前さっき、ついて来なくていいとか言ってなかったか？

と言いたげな馨のドン引き顔に、私もつられて苦笑いした。

馨は私から離れ、さっきの私と同じように、スカイツリーを見上げる。

「俺たちは離れ離れになっちゃいけない。だけど、ずっとべったりってわけにもいかない。人生を豊かにするために、俺たちはそれぞれ、別のことをしながら多くの人と関わって、もっと、広い世界を知らないといけないんだ」

「だから馨は、受験勉強するの？」

馨は私をチラッと見て、少し照れながら言う。

「……例えば、の話だ。お前がこの先、もう戦いたくないと思った時……生きて行くための選択肢は多い方がいいだろ」

「選択肢？」

「一般人として生きる、って選択肢だよ。その時は、まあ、俺がお前を養っていけるだけの職を探す」

「ふふふ。甲斐性《かいしょう》のある旦那さんねえ」

確かに、未来がどうなるか、なんていうのは誰にもわからない。

私は最近、それを何度も思い知った。

「だったら、馨の受験は私がしっかりがっしりサポートするから安心してね。私の未来の安心安定のためにも。というわけで、今夜は何が食べたい？」

「んー、ゴーヤチャンプルー」

「オッケー。豆腐……はあったわよね。卵とゴーヤ買って帰んなきゃ。あんたが毎日ゴーヤ食べたがるから、すぐなくなっちゃうのよね」

「ゴーヤ食っていれば、夏風邪にならない気がする」

「まあ、元気なのはいいことよ。大事な時期だしね」

私は、手鞠河童たちと追いかけっこをして遊んでいたおもちを、後ろから抱き上げる。

「ほら。帰るわよおもち」

「ぺ、ぺっひーぺっひー」

いやいやともがいて鳴くおもち。最近、いやいや期に磨きがかかっている。

「帰ったらアンパ○マン見せてあげるから」

そういう時は、魔法のこの言葉。

おもちは「ぺひょ？」と反応し、いやいやを引っ込めすっかり大人しくなる。

このくらいの子どもってみんなこれ好きよね。ペン雛をも虜《とりこ》にする丸顔のアンパン戦士は凄い。首がもげても生きてるところとか。

「河童さんにバイバイしなさい」

おもちは素直に「バイバイ」と言って、手鞠河童に向かってフリッパーを振った。

「……今、バイバイって言ったな」

「最近、稀《まれ》にぺひょ～以外言うことあるのよね。パンとか」

「完全にア○パンマンの影響じゃねーか」

「でもね、この前、パパとも言ったのよ」

「え、マジで？　俺、聞き逃したのか……？」

初パパを聞き逃した馨、軽くショックを受けている。

「ママは少し前に言えるようになってたんだけど、パパは、パンの延長で言えるようになったのかもね」

「そうか。もちの字も成長してんだな」

さあ帰りましょう、という時だった。

ふと、苦いタバコの匂いがした気がして、私はハッと振り返る。

そして無意識のうちに、キョロキョロと誰かを探していた。

「どうした、真紀」

「ねえ、馨」

私は、呟《つぶや》いた。

「叶《かのう》先生は、本当に死んでしまったのかしら」

スカイツリーが点灯し、水色の光を放っている。

黄昏時は、あやかしたちの気配も増していく。

だけど、金髪と白衣とヘビースモーカーなあの男はもう、この浅草に存在しない。

馨はしばらく黙っていたが、

「わからない」

そう言って、やはり、死という表現は使わなかった。

「叶の覚悟は相当なものだった。これは俺の個人的な意見だが、あいつはもう、ゆっくり休んでもいいんじゃないかと思うんだ」

ゆっくり休む……か。

「そう……ね。もしかしたら、叶先生の人生の幕引きは、理想的なのかも」

連れ添っていた式神の金の狐《きつね》〝クズノハ〟は、元を辿《たど》れば叶先生の奥さんだったらしい。

何度転生を繰り返しても、最後の最後まで一緒にいた。

そして同じ目的を達成し、共に生を終えたというのなら、それは悪くない終わり方だ。

むしろ羨ましい。私も馨と、そんな風に共に終わりたいって……少し思ってしまった。

「だがなあ、俺はあの男が、死んだ気が全然しないんだよな」

「え？」

「あいつ、地獄の高官だしな。閻魔大王を簡単に脅すし、ルール無視で泰山府君祭《たいざんふくんさい》使えるし。ぶっちゃけ、何とでもなりそうな気が……うーん……」

馨には何か、引っかかっていることがあるみたい。

腕を組んでうーんと唸《うな》っている。

私にはよくわからないけど、地獄で世界の成り立ちや魂の循環を詳しく習った馨にしてみると、叶先生が死んでしまった、という状況がいまいちしっくり来ないようだ。

まあ、確かに。

何度も何度も、しつこいくらいに生まれ変わって、私の前に現れ続けた男だ。

死んだという実感もいまだに湧いてこないし、またひょっこり、どこかで会えるような気もする。

そのくらい、あの男は意味不明で、規格外だと思う。

第六話　選択の秋

季節は移ろい、秋がやってきた。

ミクズとの戦いで負った怪我もすっかり治ってしまったが、傷痕はまだ身体《からだ》中のあちこちにある。

私の驚異の回復力から言って、この傷痕もそのうち治ると思うのだけど、馨《かおる》は私の傷痕を見る度に眉間にシワを寄せて、やれ「痛くないか」だの、やれ「無茶はするな」など言って心配してくる。早く元通りのツルツルお肌を取り戻したいところだ。

浅草《あさくさ》の人々も、あの騒動を大黒《だいこく》先輩の加護のおかげでゆっくり忘れていき、人間の普通の営みを取り戻していた。

「えっ⁉　スイ、京都に支店出すの⁉」

「そうだよ～真紀《まき》ちゃん。俺が真紀ちゃんから離れられるわけがないじゃないか」

今日も今日とて、馨の受験勉強のため、放課後に千夜《せんや》漢方薬局に来ていた。

そしてスイに、薬局の支店を出す話を聞かされたのだった。

要するに、来年からスイも一緒に京都へ行くのだ。

「最高にキモすぎる。女子高生に付きまとう中年男のストーカーとして、いよいよ警察に突き出すべきか」

この話だけは見逃せなかったのか、必死に勉強していた馨が顔を上げて、スイに向かっていつもの調子で辛辣な嫌味を言った。

しかし今の、テンション高めなスイにはあまり効かない。

「ふふん。何とでも言うがいいさ。俺は真紀ちゃんの第一眷属《けんぞく》として、どこまでもお供するつもりだ！　そう、どこまでもどこまでもどこまでも！」

スイはすっかりやる気に満ち溢《あふ》れ、その目はキラキラと輝いていた。

私はというと、眷属とはいえそこまでしなくても……という困惑の面持ち。

「別に、スイは浅草に残ってたっていいのよ？　必要な時は遠慮なく呼び出すし。新幹線か、ミカに運んでもらって、今すぐ来てちょうだいって」

「それじゃダメなんだよ！　それじゃダメなんだよ！　心の絆《きずな》〜とか、遠く離れていても〜とか、そんなんじゃないんだよ！　物理的に側《そば》にいたいんだよ俺は！」

「ダメなのはオメーだ」

馨のつっこみなんて軽く無視して、スイは続けて熱弁する。

「それに俺は、薬師としての腕も上げたい。京都には、ちょっと気になってるものがあるからねえ。ほら、真紀ちゃん覚えてる？　真紀ちゃんが最終決戦の前に蘇《よみがえ》った時、青桐《あおぎり》さんが真紀ちゃんに食べさせたもの」

「え？　あ、うん。あの透明の氷砂糖みたいな果物ね」

「あれは〝宝果〟っていうかなりレアな代物で、京都でしか手に入らない。天才薬師としては研究のし甲斐があるというか、見逃せないものなんだ」

「へえ〜」

確かにあの果実は、通常ではありえないほど、心身と霊力の回復を促してくれた。

あの最終決戦、私がまともに戦えたのは、あの果実を青桐さんが私にくれたからだ。

あれがいったい何なのか、今もまだよくわからないけれど……

京都にはまだまだ、私たちの知らない〝何か〟がある。スイはずっと、それが気になっていたようだ。

だけど、そっか。

見方を変えるなら、スイはやっと、浅草から離れられるようになったということ。

元々、この浅草という地は茨木童子《いばらきどうじ》の死んだ土地だった。

スイは大魔縁《だいまえん》となった茨姫《いばらひめ》の最期を看取《みと》り、この浅草という地に長年留まり続けた眷属だった。この地に留まり続けたスイが、その呪縛から解き放たれ、外に興味を抱いて別の土地へと住まいを移す。

もしかしたら、それはとてもいいことなのかもしれない。

スイはもう、自由なのだから。（たとえ私のストーカーであっても）

「スイが京都に来るってことは、あなたたちも来るの？」

別の席で何かしているミカと、紅茶とケーキで優雅に過ごしていた木羅々《きらら》に聞いたところ、二人は顔を見合わせた。

そして二人は、ふるふると同じように首を横に振る。

「いいえ。実は……僕らは浅草に残ろうかと思っています」

「えっ」

「そうなのよ。ボクはこの地を離れられないのよ」

木羅々が少しシュンとして笑う。

木羅々の本体はカッパーランドの結界柱となっていて、多少の距離は離れられても、京都に移住することまではできない。

「……そっか。そうよね」

「でもいいのよ。この地に残って、ここを守り続けるのがボクの役目。ミクズとの戦いで、カッパーランドを守り抜いたのがボクの誇り」

胸に手を当てて断言する木羅々の表情はとても頼もしく、誇らしげだった。

「だから、ボク自身がそうしたいと思ったのよ。いつか戻って来る茨姫のためにも、この地を守り続けるの。会いたいと思ったら、ミカ君の背中に乗って会いにいけるもの」

「木羅々……」

木羅々の笑顔は慈愛に満ちていて、美しい。

いつか木羅々は、この一帯の守り神にまでなってしまうのではないだろうかと、私は予感したりした。

というか実際に、手鞠河童《てまりかっぱ》たちがカッパーランドに〝木羅々神社〟なるものを建立中らしいので、すでに奴らには崇《あが》められ、頼られまくっているのでしょうね。

ミカもその話を聞いて、隣で腕を組んで、ウンウンと頷《うなず》いていた。

「僕も木羅々と一緒に浅草に残ろうと思います。茨姫様についていきたい気持ちもあるのですが、浅草地下街あやかし労働組合から、正職員のお誘いもあったので」

「えっ⁉ そうなの⁉」

私だけではなく、馨も参考書から顔を上げる。

この末っ子体質全開でドジっ子のミカが、浅草地下街あやかし労働組合の正職員？

正職員って言葉が全くしっくりこないんだけど、ミカは、得意げで自信に満ち溢れた顔をしていた。

「はい！ 浅草のあやかしたちと一緒に、この地の秩序を守るお仕事をするつもりです。茨姫様がお戻りになるまで、悪い輩《やから》には、絶対に浅草を好きにはさせません。どうだスイ！ 僕は自立したぞ！ お前の扶養からも出てやる。もうタダ飯ぐらいのニートとは呼ばせない！」

ドヤ顔で腰に手を当て、エヘンと仰《の》け反っているミカ。

「って、俺が斡旋《あっせん》してやったんでしょうが〜〜っ！」

「アタタタタタ、やめろスイ、殺すぞ。えーん」

そんなミカのこめかみを、スイがグリグリしている……

しかし驚いた。

ミクズとの最終決戦で、眷属の多くがカッパーランドで負傷したあやかしを守り、ミクズ側についた中級あやかしたちと戦っていた。

そんな中、ミカは空を飛べることを生かして、浅草地下街や陰陽局《おんみょうきょく》の人々を移動させたり、黒点蟲《こくてんちゅう》の妖気に当てられて気を失った人間たちを浅草外に避難させたりしていた。

あの状況で、それができたのはミカだけだった。

私たちと合流した後は、ずっと、負傷した津場木茜《つばきあかね》を守ってくれていた。

そこを評価されて、浅草地下街あやかし労働組合の正規メンバーに加入することになったのなら、本当に立派なことだ。浅草地下街には大和《やまと》組長がいるし、スイもミカを安心して任せられるというわけだ。

眷属たちはそれぞれ、自由に自分の今後を考えている。

私と一緒にいるだけではなく、各々が、自分にできることや自分にしかできないことを考えて、未来を選択しているのだ。

何だかそれが、私には嬉《うれ》しい。

とてつもなく誇らしい。

「そっか。あなたたちも、それぞれの未来に向かって、独り立ちし始めたのね」

私は思わず、目の端を指で拭う。

「あれ、茨姫様、泣いてるんですか!?」

「そりゃそうよ！　泣くわよ！　号泣よ！　我が子たちがみんな、こんなに立派になっちゃって……っ」

大江山《おおえやま》で出会い、頼れる仲間、家族のような関係を築いた眷属たち。

しかし酒呑《しゅてん》童子の死後、彼らを置き去りにし、茨姫は復讐《ふくしゅう》の道に身を投じた。

それでもなお茨姫という存在に縛られ、一途《いちず》に思い続けてくれた眷属たち。

因縁の敵であったミクズとの決着を機に、前世のしがらみから、彼らは少しずつ解き放たれている。

そうやって、彼らは自由になっていく。

私と馨が〝人間〟として生まれてきた以上、いつかやって来る別れを受け入れるためにも、それ以外の場所に拠《よ》り所を見つけるというのは、きっととても健全なことだ。

眷属たちも、留まっていた場所から立ち上がる決心をした。

そして、未来のための一歩を踏み出したのだ。

いつものように、東京スカイツリー支部で青桐さんから陰陽術の基本のようなことを学び、浅草へと帰る途中、牛嶋《うしじま》神社へと立ち寄った。

そこでは、千年前の大江山の仲間の一人である牛御前《うしごぜん》が祀《まつ》られている。

牛御前は、あの源頼光《みなもとのよりみつ》の妹だった。しかし一族の背負った業と呪いのせいか、牛の角を持って生まれた娘であったため処刑されそうになっていたところを、酒呑童子と茨木童子に助けられたのだった。

その後は酒呑童子を父と、茨木童子を母と慕い、子どものいなかった二人の娘のように、すくすくと育った。時に凛音《りんね》を苛《いじ》めようとして逆に仕返しをされ、時に深影《みかげ》の羽根を毟《むし》って泣かす……そんなやんちゃなところを見せながら……

あの、やんちゃ姫だった牛御前が、今や、浅草に接する隅田川《すみだがわ》沿いの牛嶋神社の神様なんだもの。私たちの中で一番出世したのは牛御前だと思っている。

それに……

「ほら、キビキビ働きな！　お前たちは本来、陰陽局に粛清されてもおかしくない罪を犯したんだからね！」

「は、はい〜」

神社の境内の落ち葉を掃く牛鬼《ぎゅうき》たちに、愛の鞭《むち》を振るう牛御前。

今や、道を逸《そ》れがちな牛鬼の不良たちを更生させるビッグマムでもある。

ミクズとの戦いで、ミクズ側についた牛鬼たち。

合羽橋《かっぱばし》で悪さしてたところを私にボコボコにされ、その後は牛御前に調教されたにもかかわらず、ミクズの甘言に唆され、私たちを裏切った。

特に牛鬼の元太《げんた》には、正直幻滅したけれど……

牛御前は牛鬼たちを見捨てることができず、陰陽局と交渉して、牛鬼たちを調教し直すという約束のもと、再び側《そば》に置いているのだった。

今日も今日とて愛の鞭を振るって牛鬼たちをしばき倒す。その姿はまるで地獄《じごく》で見た獄卒の鬼のようだ。

しかし私が来たとわかるや否や、牛御前はコロッと態度を変えて、

「あら、お母様。いらっしゃいませ」

柔らかな声で私を歓迎し、女神の微笑《ほほえ》みをたたえる。

「相変わらず、やってるわねえ」

「勿論《もちろん》です。今回は私の子孫がご迷惑をおかけしたのですもの。母として子の悪道を正すのは、当然のことですわ」

「まあ、ほどほどにしときなさいね」

「わかっております。それに、牛鬼たちは、私の愛の鞭がそれほど嫌いじゃないようですから」

「まあ……そういう意味で、ほどほどにってことなんだけど」

これ、牛鬼たちにとって罰というより、ご褒美なんじゃない？

色々と思うことはあるけれど、私はおばあちゃんポジションとして、牛御前にしばかれて喜んでいる牛鬼たちを、生暖かい目で見守りたいと思う。

「はあ。来年からは、気軽にお母様と会うこともできなくなるのですね」

牛嶋神社の拝殿に座っていると、牛御前がわかりやすく肩を落とし、ため息をついた。

私が会いに来ると、彼女は最近いつもこうだ。

「ほんの数年、京都に行くだけよ。千年以上も生きてる神様やあやかしからすると、ほんの一瞬のことでしょう？」

「それはそうですけれど。それはそうですけど。お母様が京都の地を気に入って、こちらに戻ってこなくなる可能性もありますもの」

「浅草にはいつか必ず帰ってくるわよ。私はまた、ここに骨を埋める気だもの」

「……それ、洒落《しゃれ》にならないですわ」

かつて浅草で死んだことのある私ならではのブラックジョーク、またしても不発。

牛御前は引き気味。

「でもね。私、この選択をしてよかったと思っているのよ。馨は受験勉強が楽しいみたいだし、眷属《けんぞく》のみんなも未来を見据えて、一歩踏み出すようだし」

私はつい先日聞いたばかりの、眷属たちの今後について、牛御前に話して聞かせた。

特に、木羅々について。

「木羅々はね、カッパーランドの結界柱としてここに残るって言ったの。私その時、少し、牛御前のことを思い出したわ。いつか、木羅々もあなたのように、この土地に根付く神様になっちゃうんじゃないかってね」

「まあ、木羅々様が？　あの方の結界柱としての能力は、神仏顔負けで非常に優れておいでですから、頼もしいですわ。ぶっちゃけ何度も結界柱が破壊されている浅草七福神より頼りになる……ゴホン」

今のはオフレコで、と牛御前は口元に人差し指を添えた。

本音なんだろうな……

「では、私と木羅々様で、浅草を包み込むようにガッチリガード、ってことですわね」

「ま、そう言うことになるわね。私たちのいない浅草を、頼んだわよ」

私たちのいない浅草……

自分で言っといて何だけど、そのフレーズが、少し切なかった。

その切なさを紛らわすために、牛御前の背中をバシバシと叩《たた》く。痛いですわお母様、と牛御前に言われてしまうほどに。

木枯らしが境内を吹き抜けて、色付いた落ち葉の躍る、その向こう――

私は一人の人影を見る。

いつの間にか、参道に銀髪の一角鬼が佇《たたず》んでいたのだった。

「凜音……」

本殿に座り込んでいた私は、ハッとして立ち上がる。

牛御前に少し目配せした後、彼女が「おかまいなく」と言ったので、凜音に駆け寄った。

凜音は相変わらず、クールで愛想のない表情だったが、

「茨姫」

私が目の前まで来ると、憂いある声で、小さく私の名を呼んだ。

「久しぶりね。あんたここ最近、全然、顔を出してくれなかったんだもの」

実際に会うのは、それこそ半年ぶりではないだろうか。

私が陰陽局の病院で目を覚ました日の夜に、少しだけ私の元に顔を出したけれど、それ以降、彼はパッタリと姿を見せなかった。

どこで何をしていたのかは知らないが、スイや、陰陽局の青桐《あおぎり》さんとは時々連絡を取っていると聞いていた。

何で青桐さん……？　って感じだけど、凛音が元気でいるのならそれでいいかと思って、特に聞いたりもしなかった。

凛音らしいと言えば凛音らしいけれど、本当に、神出鬼没な三男眷属だ。

私と凛音は、牛御前や牛鬼たちに見送られ牛嶋神社を出た。

そして、向かい側にある浅草の街並みがよく見える隅田川沿いのタイルの歩道を歩く。

ここは、いつも私が歩いている浅草側の隅田川沿いではなく、隅田川を挟んだ向島《むこうじま》側の歩道だ。

「茨姫。傷はもう大丈夫なのか？」

「傷？　どの傷？」

傷ならいっぱいあるんですけど、というようなジェスチャーをしてみせる私。

凛音は目を細め、少々複雑そうに、視線を横に逸らした。

「……来栖未来《くるすみらい》につけられた腹の傷だ。あれが一番、深手だっただろう」

「ああ。それならもう全然。傷痕は横腹にがっつり残っちゃったけどね。あ、見る？」

思いついたように服をめくり上げようとする私に、

「見せなくていい！　見せなくていい！」

と、若干焦った声で言う凜音。

凜音は多分、あの時のことを今も負い目に感じているのでしょうね。

来栖未来が私を斬って、私が生死を彷徨《さまよ》ったこと……

あれは、凜音の拠点である、人外シェルターで起こった事件だった。

「そういえば……ねえ、知ってる？」

なので、私はあからさまに話題を変えた。

「スイ、来年から京都にお店を出すのよ。しばらくは京都を拠点にして働くみたい」

「……あいつからそういう話を聞いた気もするが、別に興味はない」

「あ、そう」

他の兄弟眷属たちの動向には、あまり興味なさそうな凜音だが……

「それで、あんたはこれから、どうするの？」

私が聞きたかったのはこれだ。

ミクズという最大の敵がいなくなり、私や馨を巡る、千年の因縁にも決着がついた。

他の眷属たちと違って、凜音はあまり自分のことを話そうとしないから、私から聞いてみようと思ったのだった。

だが、凜音は冷ややかな目をして言う。

「あなたにそれを言う義理があるのか？」

「は？」

「俺がどこで何をしようとも、あなたには関係ないだろう」

「え？」

あれ、可愛《かわい》くない。私の眷属のくせに、可愛くないぞ。

なので私も、腕を組んで少し意地悪な口調で言う。

「いいの？　私、京都に行っちゃうのよ？」

「だから何だ」

「お、陰陽局の学校に入るのよ!?　もう気軽に会えないかもしれないわ。そこのところ、あんたわかってる？」

私がムキになっていると、凛音はまた、しれっと言うのだった。

「あなたが俺を呼べば、俺はそこにいる」

な、何だそりゃ。

スイとは違ったタイプのストーカーかな？

しかしデレデレのスイとは違って、凛音のツン多めなデレは健在のようだ。

「半年顔を見せなかった奴のいう言葉じゃないわね」

「それはあなたが、俺を呼ばなかったからだ」

「それって結局、京都には来るってこと？」

「当然だ。拠点はすでに構えている」

「あ、そう……」

流石《さすが》は凜音。仕事が早い。

少々引き気味の私をものともせず、凜音は隅田川を挟んだ向こうの浅草の街並みを見つめ、淡々と語った。

「京都には俺も少し滞在していたことがある。外来種の大規模なシェルターがあるのだ」

「え、そうなの？」

「京都は古い風習が根付いていて、外来種への風当たりが厳しい土地だ。あやかし間であっても、在来種と外来種の間で差別や諍《いさか》い、縄張り争いが起こっているからな。その度に京都陰陽局の退魔師が仲裁に入っている」

「へえ。そういう問題があるのね。京都の陰陽局も大変だわ……」

私もこれから、そういうあやかしたちの問題に巻き込まれたり、切り込んでいったりすることになるのだろうか。

こんな風に、凜音は日本各地のあやかしたちの現状を、たくさん知っている。日本だけでなく、世界のあやかしたちのことも。

それは凜音の、茨姫亡き後の活動や、生き方に由来している。

「オレは元々、あちこちを移動して回っていた。スイと違って、浅草に留まって生きてきたわけではない。ゆえに、茨姫が京都へ行くことなど些細《ささい》なことだ」

「……確かに、あんたは日本を出たことだってあるものね」

「そうだ。だから、会いたくなったら、会いに行く」

凛音は、真横に立っていた私に向き合う。

私もまた、そんな凛音を見上げる。

思い返せば、今世、凛音とは色々と厄介な事件を通して、再会した。

彼は最初、茨木《いばらき》真紀という人間の娘が、本当に〝茨木童子〟の生まれ変わりかどうかを試すようなことばかりしていた。

ちょっかいというには、少々おいたの過ぎる、乱暴なこともやってのけたわね……

だけど、多分、凛音は最初から私が私であることをわかっていた。

何も知らずに私の側《そば》にいた馨に、私が伝えられない多くの真実を、教えたかっただけ。

偽りの幸せに浸っていた私たちの目を、多少強引に、覚まさせてくれただけ。

彼は憎まれ役をかってでも、私のために、陰で戦ってくれていただけだった。

「あなたが俺を呼べば、どこにいても飛んで行く」

「……凛音」

「あなたが生きている限り、俺は、あなたの眷属だ」

憂いを帯びた視線が私を見つめ、彼はスッと私の手を取ると、手の甲に軽くキスをする。

紳士的な振る舞いの奥に燻《くすぶ》る、凛音の熱い感情。

彼は報われないとわかっていながら、一人の男として、茨姫という存在を愛し続けてくれていた。私もそれを、私が生きている限り許すと言っていた。

「でも、そんなこと言ってると、本当にどうでもいいことで呼びつけるわよ。天井の電球換えてとか、家具運んで、とか」

「呼ぶといい。すぐに行く」

「急に雨降ってきたから傘持ってきて、とか。明日遠出したいから車運転して、とか」

「構わない。その代わり、言うことを聞いた分だけ、あなたの血を貰《もら》う」

「……それが目的なわけね」

「当然だ」

秋の木枯らしに吹かれて、余裕の笑みを浮かべる凛音の銀色の髪がサラサラなびく。

白目をむいた私の、赤みがかった髪はぐちゃぐちゃ。

「まあいいわ。あんたがそう言うなら、京都でもこき使ってあげる。陰陽師の式神みたいなものよね」

「何なら、式神の契約をしてもいい」

「バカ言わないでちょうだい」

大真面目かつドヤ顔の凛音の頭を、思わず小突く。

「眷属《けんぞく》と違って式神契約はかなり縛りが多くて、ハードワークだって由理《ゆり》が言ってたわ。あの由理が文句垂れるくらいなんだから、説得力あるでしょ？」

「………………」

「自由でいてちょうだい。私たちには、そんなに強い縛りや契約がなくても、きっと式神顔負けの助け合いができるはずよ。家族なんだから」

凜音はどこか不服そうだったけれど「家族」という言葉で、一応納得はしてくれたみたいだった。

なんだかんだと言って、凜音は最も、茨姫という存在に縛られ続けた眷属だった。

凜音の本当の意味での自由は、まだ先のことになるのかもしれない。

だけど、凜音が私の側にいることを選択するのも、縛りようのない自由だ。

ならば私も生のある限り、眷属たちの望みは、受け止めてあげたいと思う。

生きている限り、拠《よ》り所でありたい、と。

それは、前世で茨姫に尽くし続け、今世も私の幸せを願っている眷属たちへの、せめてもの報いだ。

第七話　冬に来たる人

「真紀《まき》は来年、京都だっけ？　推薦合格組は、この時期肩身が狭いよねえ」

「七瀬《ななせ》もスポーツ推薦で希望校に合格したんだっけ？　おめでと」

「で、真紀はどこの専門学校なの？　頑《かたく》なに教えてくれないけどさ」

「うーん、説明しづらい学校なのよ。聞かないでおいてちょうだい」

冬休み直前。

クラスメイトの七瀬と一緒に、教室の廊下の窓の外を見ながら、野球部の試合を眺めたりしていた。パックのジュースを飲みながら。

私たちはお互いに、進路が決まっている。

七瀬は、都内の大学にスポーツ推薦で行くことになっているのだった。

「しっかし天酒《あまさけ》の奴、真紀と一緒に京都に行きたいからって京大受験とは。凄《すさ》まじい愛だねえ。本当にやってのけそうなところが、怖いわマジで」

「周囲には、私が馨《かおる》について行くために京都の謎の専門学校に行くってことになってるみたいだけどね……」

まあ、別にいいんだけど。

詳しい事情なんて、聞かれたって答えられないし。

「ただ、天酒はやっぱり凄《すご》いよね。この一年の猛勉強で、今や学年トップの成績。全国模試も好成績だったって先生たちも喜んでる。ついでに天酒のファンも。この調子だと京大も手堅いかもね」

「まあ、馨なら大丈夫よ。あいつはいつも、やるときはやるもの。私の旦那様だからね」

「え？」

「あ、まあ、未来の旦那様って意味よ」

あ、引いてる。

七瀬が、今更ながら私と馨の関係に引いてる。

「まあ、二人の関係に今更つっこまないけど」

七瀬は飲み終わったパックを潰しながら……

「大学は別々になっちゃうけど、時々連絡してよね。真紀が東京に戻ってきたら遊ぼ。あと結婚式には呼んでね」

「も、もちろん」

馨や由理《ゆり》以外では、最も長い付き合いのある友人、七瀬。

だけど、大学は別々になってしまうし、東京と京都では距離がある。どうしても、会う頻度や、こんな風に他愛ない話をする機会も少なくなる。

二度と会えないわけではないのに、やっぱり寂しい。

私の青春時代、七瀬はいつも近い場所にいてくれた、大好きな女友だちだ。

そんな時、私と七瀬の間にヌッと顔を出してきた女子生徒が一人。

私も七瀬も、思わずビクッと肩を震わせてしまった。

「畜生、これだから推薦合格組は……余裕かましやがって」

「あ、相場《あいば》さん……？」

「結婚式には、あたしも呼んでよね……写真撮ってあげるから……」

参考書片手にブツブツそんなことを言って、フラフラと教室に戻っていた受験生の幽霊。

と言うか、元新聞部の相場さん。

あやかしより恐ろしい何かを見た気がした。

「相場は成績いいし、結構いいとこ受験するから必死なんだよね。私らもそろそろお開きにしよう」

「そ、そうね」

受験までラストスパート。この時期はクラスはピリピリしているし、生徒たちは情緒不安定だ。いきなり叫んだり、泣き出したりする子もいる。

私も高校受験の時、馨や由理と同じ高校に行くために、それはもう必死に勉強した。終盤はほとんど記憶がないから、気持ちはわかるわ……

すでに進路が決まっている私のような生徒が、廊下で余裕かましてたら、そりゃ腹もたつわよね。

というわけで、七瀬は後輩に会いに行き、私はというと、美術準備室に向かう。

美術準備室をそろそろ片付けろと大黒《だいこく》先輩に言われていたのだった。

ドアに貼り付けられた段ボール板を、少々名残惜しいと思いつつもベリッと剝がす。

【美術準備室】の下にぶら下がった【民俗学研究部】のプレートも取らなくちゃ……

「んー」

手を伸ばして、それを取ろうとしていたら、後ろからヒョイと取ってくれた人がいた。

振り返ると、由理だった。

「……由理。あとちょっとで取れそうだったのに」

私がムッと頰を膨らませると、

「いやいや、あれは取れそうになかったよ。踏み台を使ったらよかったのに」

と、至極真っ当なことを言って笑っている由理。

由理はあやかしなので受験の必要はない。学校の先生や生徒が怪しむので、一応いくつか都内の大学を受験するみたいだけど、結局は行かないのよね。

だって……

「由理も、来年は京都に行くのよね」

「うん。四神は元々京都の神様だし、僕も、真紀ちゃんや馨君と一緒にいたいしね」

ウンウン。由理がこれからも側《そば》にいてくれるのは、とても頼もしい。

とか思っていたら、

「と言うのはまあ、建前なんだけど」

「建前かい」

「若葉《わかば》がね、最近凄いんだ」

「え？　若葉ちゃん……？」

由理が突然、遠い目をしながら、妹の若葉ちゃんについて話し始めた。

若葉ちゃんは浅草《あさくさ》封鎖事件で逃げ遅れていたところを由理に助けられ、その時、由理のことを思い出したと聞いていた。

「あれからすぐに僕のことを見つけてしまったんだ。この高校で、夜鳥由理彦《やとりゆりひこ》って名前で生活してたからね。ちょっとヒント多すぎな名前だよね。と言うか多分……つけられてる」

「……ストーカー？」

ここにも新たなるストーカーが……

「それに最近、陰陽局《おんみょうきょく》の青桐《あおぎり》さんと連絡を取り合っているらしい。誰が仲介したのか知らないけどさ。若葉は今まであやかしは見えなかったけど、潜在能力は結構凄いと思うんだ。玉依姫《たまよりひめ》の体質だし……」

由理は青ざめて、頭を抱えた。

「まさか若葉……退魔師か陰陽師になるつもりじゃないよね？　僕としてはぶっちゃけ、やめて欲しいんだけど……今更若葉の人生に干渉できないし……」

「何でよ。そこまでして由理を知りたいのよ。大事な女の子が追いかけてくれるのなら、あんたも本望でしょ」

ほんわか系のか弱いイメージの若葉ちゃんだけど、覚醒してからは何か凄いと小耳に挟んではいる。

女って、いざとなったら行動早いのよね……わかるわあ。

なんて、私からすれば若葉ちゃんの心理を理解できるのだけれど、由理は、いきなり積極的になった妹についていけてない模様。

何より、若葉ちゃんの今後が心配なようだった。

「退魔師なんて危険だよ！　若葉にそんなことさせられない！」

「私はいいの？」

「真紀ちゃんはいいよ」

あ、そう……

由理のシスコンっぷりはいまだ健在のようだ。

やれやれと思いつつ、満更じゃないんだろうな。

と言うか青桐さん、この手の才能がある人へのアプローチ、早いな……？

「下手したら、陰陽学院に入学しそうね、若葉ちゃん」

「……それだよ。来年から、四神のみんなは陰陽学院の教師になるらしい。僕も依頼されたけど、どうしようかな……」

由理は顎に手を当てて本気で悩んでいたけれど、私はそんな由理よりも、四神が陰陽学院の教師になるというところに、半ば興味を持っていかれた。

ということは、私、来年からあいつらに色々教わるってこと？

玄武《げんぶ》とか特に嫌なんですけど……？

「式神が先生って何か凄いわね」

「そんなに珍しいことでもないらしいよ。陰陽学院は敵に狙われやすいから、警護や結界も兼ねているんだと思う。他の十二神将たちもそうらしいし。叶《かのう》先生がいなくなって、僕たち、今はもうフリーだからね」

その言葉を聞いて、私は真顔で固まってしまった。

「真紀ちゃん？」

「……やっぱりもう、叶先生はいないのね」

由理はチラッと私の方を見て、寂しげに笑う。

「そうだね。僕らはもう叶先生の式神ではない。契約が自然と解除されているということは、そういうことなんだと思う」

「…………」

「だけど、不思議なことに四神はみんな誰も悲しんでいないんだ。誰もが、また叶先生は戻ってくるというようなつもりでいる。僕にはそれが不思議だ。九尾狐《きゅうびのきつね》の転生の仕組みから言って、叶先生は最後の命を使ったはず。なのに……」

「でも……確かに叶先生は、ひょっこり現れそうよね」

「うん。僕もそう思ってしまう」

お互いに、大きく頷《うなず》き合った。

誰もが、あの人のことを「死んだ」と明言できないところが、あの人の普通じゃないところを示している。

「だから、僕もまだ叶先生の式神のつもりでいるよ。真紀ちゃんと馨君を見守りながらね」

「……うん。ありがとう、由理」

私と由理は笑い合う。

そして一緒に、この部室の片付けを始めた。

使い古されたマグカップや、作り溜《た》めた民俗学研究部の資料を見ていると、何だかんだ、真面目に活動してたな、なんて……

「あ、雪」

「わあ。今年、初雪じゃない？」

窓の外でハラハラと雪が舞っていた。

それに気がついた私と由理は、高校生らしくちょっとワクワクして、窓を開けた。

最初こそ舞い上がっていたのに、雪の降る灰色の空を見ていると、徐々に、感傷的な気持ちになってくる。

「どうかした？　真紀ちゃん」

「ううん。なんでかしらね。馨も由理も、みんな一緒に京都に行くのに……」

私は窓から手を伸ばし、触れた雪がシュッと解ける儚《はかな》さを見て、呟《つぶや》いた。

「青春が、終わるのね」

私たち、普通じゃなかったけれど、ちゃんと子どもだった。

ここで過ごした何でもない日々や、普通の学校生活、文化祭や林間学校、修学旅行などの思い出が、色褪《いろあ》せることなく思い出せる。

それが、いかに尊くかけがえのない時間であったか、今になって思い知る。

この高校に入った頃はまだ、あやかしだった頃の感覚も抜けなくて、人間たちと深く関わることに臆病で、いつも三人で一緒にいた。

そして、前世の未練をうだうだと語り、この問いかけをし続けていたのにね。


『我々はなぜ、人間に殺されなければならなかったのか』


今ならば、答えがわかる。

それはきっと、今世で幸せになるため、だ。

勿論《もちろん》、あの時の悲劇を肯定するわけではない。

国や大切な人が、滅ぼされてよかったなんて思わない。

だけど、私たちが千年前の悲劇や無念を覚えているからこそ、現代のあやかしたちに対し、わかってあげられること、助言してあげられることもあると思うのだ。

人間に生まれ変わったからこそ、人間という立場で、現代のあやかしたちを助けていきたい。人間とあやかしを繋《つな》いでいきたい。

九尾狐たちから教えられた、常世《とこよ》のような、人とあやかしが争い続ける世界となってしまわないように……

だから私は、陰陽局の一員になる決心をしたのだ。

きっとこの決断は、私が大人になるための、重要な選択だったと思う。


また少し部室の片付けをした後、由理と別れ、私は浅草に戻る。

その頃には雪もすっかりやんでいたが、スイの薬局におもちを迎えに行く前に、少しだけ、隅田川《すみだがわ》沿いを散歩する。

東京の冬の夜は早い。

まだ夕方だがすでに空は暗く、スカイツリーは煌々《こうこう》と光っている。

川沿いの柵にもたれて、スカイツリーをぼんやりと見つめる。

最近は無意識のうちに、このツリーを見に来る。

ここにいると、会いたい人に会える気がするのだ。いつも。


「……真紀」

真横から声をかけられ、私はぼんやりとしていた中、視線をそちらに向けた。

……ほら。会いたかった人の一人が、やってきた。

「来栖《くるす》……未来《みらい》」

ヒョロと背が高く痩せていて、ボサッとした黒髪に、眼鏡をかけている。

彼は初めて出会った時と、あまり変わらない姿でそこに立っていた。

もう、来栖未来は敵ではない。それはあの戦いで、誰もが思い知ったこと。

「久しぶりね、来栖未来」

私は彼の名を、もう一度呼んだ。

来栖未来は少し距離のある場所で「うん」と頷いた。

素直で、素朴。

こういうところは、出会った頃と何も変わらない。

自信なげで頼りげのない表情をしていて、一見とても無害に思える。

だけど隅田川の手鞠河童《てまりかっぱ》たちはビクビクして草むらに隠れたり、水かきおててを擦り合わせて念仏を唱えたり、私を盾にして隠れたりしているから、やはり只者《ただもの》ではない。

それだけ、来栖未来という存在そのものが、あやかしにとって脅威なのだ。

「相変わらず寒そうな格好してるわね。前にここで会った時も、そうだった」

「……ごめん。あの時、真紀にもらったマフラー、ダメにしちゃったんだ」

「いいわよ。もともと古かったしね」

来栖未来はまだ、何か言いたげに口を開いたり閉じたりしていた。

マフラーをダメにしてしまったことを、言いに来たわけじゃないだろうに。

私は、彼の言葉をしばらく待った。

「真紀」

「………」

「真紀。ごめん」

やがて、彼はその言葉だけを絞り出した。

言ってしまったら我慢できなくなったのか、ボロボロ、ボロボロと涙を流す。

戦うとあんなに強いくせに、馨にそっくりな顔のまま、情けない表情でボロ泣きするんだから。

だけど、そういうところが気が気でないというか、ほっとけないのよね。

「とりあえず、座って話しましょうよ。ほら、涙拭いて」

私はハンカチを取り出し、来栖未来の顔をゴシゴシ拭いた。

そして近くのベンチに座らせ、自動販売機で温かいホットレモンを買って、来栖未来に渡す。ちなみに私はおしるこ。

「半年ぶりだけど、元気にしてた？」

「……うん」

「あの時、私が目覚めたらあなたはもういなかった。京都で治療を受けていると聞いたけれど、どんなことをしていたの？」

「実は僕もあまり覚えてない。半月くらい、意識が戻らなかったらしいから」

未来は、ポツリと呟いた。

「目覚めた時、僕は、京都の陰陽局の病院のベッドの上だった。僕はもともと背負っていた呪いと、ミクズ様から負った呪いで、ほぼほぼ死にかけていたらしい」

ずっと、酷《ひど》い夢を見続けていたという。

生命の気配が全くない荒野を歩き続け、あやかしの呪いに似た、不気味な黒い手に追いかけられる夢。

未来永劫《えいごう》、この呪縛からは逃れられない――

その絶望の最中、天から一筋の光がさしてきて、自分の名前を呼ぶ声がしたのだという。

未来、未来、と。

それは津場木茜《つばきあかね》の声だったりしたらしい。

実際に目覚めると、両手に大怪我《けが》を負った津場木茜が、すぐそこに立っていたのだとか。

他にも京都陰陽局の人間が数人いて、未来の容体を聞いたり、呪いの状態を調べたりしたらしい。

未来は、意識も曖昧で、体を全く動かせなかったというのもあるらしいが、流されるままに黙って治療を受け入れたようだ。

「まだ、この身に背負う呪いが完全に消えたわけじゃない。ただ、呪いとの付き合い方はわかってきたし、苦痛は随分と軽減された。京都陰陽局にはそういうノウハウがあるんだ。一生付き合う持病のようなものだって、茜も言ってた」

「ああ。そういえば津場木茜は、以前からずっと呪い持ちだったわね」

「茜はミクズ様の呪いも背負ってしまった。少し前まで両手が痛そうだった」

「ていうか、何で今も〝ミクズ様〟なのよ。あなたを利用した妖怪なのに」

「あ……」

つい癖で、と未来は自分の口を押さえた。

彼はしばらく黙り込み、私たちの間には沈黙の時間が流れた。

私はまた、じっと、未来の言葉を待っていた。

「……真紀。僕は君に、一生許されないことをした」

「…………」

「馨のことも殺そうとした。そう、本当は馨を殺そうとしたんだ」

未来は項垂《うなだ》れたまま、苦しげに、自分の胸元をぎゅっと握る。

「どっちにしろ真紀を苦しめることになると、わかっていたのに……っ」

震えている。言葉にするのもきっと辛《つら》いのだろう。

「どうして君は、あの時、僕を助けたりしたんだ。どうして助けたり……できたんだ」

私はしばらく返答に迷ったが、冬の夜空に延びるスカイツリーに向かって、長く、白い息を吐く。

「あなたを許せなかったからよ」

「…………」

「あのまま死ぬのを許せなかった。あなたにはこの先、未来永劫、償ってもらうつもりだもの」

未来はぽかんと口を半開きにしていた。

私はそんな彼の間抜け面に向かって、ビシッと指を突きつける。

「あんたのその力は特別なものよ」

「え……？」

今度は、自分の顔に指を向ける。

「同じように、私や馨の力も、特別といえば特別よね。生まれ変わって、私たち三人がこの時代に揃《そろ》ったのには、きっと何か理由がある」

例えば叶先生が、私と馨と来栖未来だけが、ミクズを倒せると思ったように。

「私たちはもう、前世の因縁なんかに構ってる場合じゃない。未来のために、この力を使わないといけないのよ。だから……その役目から逃げたら、絶対にあなたを許さない」

「…………」

「あなたには私や馨を助けて欲しいし、手伝って欲しいもの。私に負い目があると言うのなら、そうやって、生きて償ってちょうだい。その代わり、私たちもあなたのことを助けるし、手伝ってあげる。一緒に戦う仲間がいたら、何も怖くないでしょ？」

来栖未来は、やはりぽかんとしていた。

「え？　どういうこと？」

ワンテンポ遅れて首を傾《かし》げる来栖未来に、私はカクンと肩を落としながら、また長いため息をついた。それが、凍《い》てついた空気を真っ白にする。

「だからね、助け合って生きていきましょうって言ってるの。仲間になりましょうって」

「どうして？」

「どうしてもこうしてもないわよ。もうしんどいのよ。誰かを恨んだり、憎んだり、殺したり殺されたりっていうのは」

そんなことに縛られていたって、幸せにはなれない。

それは、私たちの物語でも、九尾狐たちの物語でも、わかったこと。

私たちが長い時間をかけて、思い知ったこと。

「だから、もういいでしょ。私もあなたも、馨も由理も、眷属《けんぞく》のみんなも……幸せになったっていいでしょ」

叶先生にだって、本当は、幸せになって欲しかった。

ずっと近くで見守って欲しかった。何だかんだと言って、いざという時はあの人がいるという安心感は、とてつもないものだったから。

だけどもう、叶先生はいない。

叶先生に陰で守られ続けていた現世《うつしよ》は、これから、あの人のいない時代を歩んでいく。

今度は私たちが、私たちの世界を守るために、頑張らないといけないのだ。

そのバトンは、確かに引き継がれた。

「真紀は、その……僕と、友だちになってくれるの？」

「は？　今更？　仲間になりましょうって言ってるのに？」

「ご、ごめん……」

私の圧と眼力に押し負かされ、たじろいで謝る来栖未来。

「いいわよ。お友だちになりましょう。来年からは、陰陽学院の同級生らしいし」

そして私は、半ば強引に未来の手を取る。

ミクズの腹の中でもしたけど、ここでも仲良く握手……と。

「私、初めてあんたを見た時、何でか年上だと思ってたんだけど、私たち同い歳《どし》なんだってね。それに知ってる？　陰陽学院は男女のペアを組んで活動するらしいわ。あんたと私なら歴代最強のコンビになれると思ってるんだけど〜」

私がペラペラと得意げに語り、さりげなく勧誘をしてみるも、未来は突然スンとした真顔になって「あ、ごめん」と言った。

「僕はもう、陰陽学院のペアの相手は決まってるんだ」

「は?」

私は目が点。繋《つな》いでた手も、ポロッと離す。

どうやら京都陰陽局の連中が先手を打って、来栖未来という最上級の逸材にぴったりのペアの子を用意したらしい。

夏の間は、そのペアの子と交流を兼ね、色々と訓練をしたらしい。

なにそれ。聞いてないんだけど。

「真紀は、茜とペアを組むことになっているらしいよ」

「……は?」

なにそれ。なにそれ……

ていうか、それを知った時の津場木茜の、嫌そうな顔が目に浮かぶ。

絶対にフラグの立たない私と組まされるなんて、あいつの女運のなさには泣けてくるわね。

「ま、まあ。馨は安心するんだろうけどさ。でもよくよく考えたら、私とあんたじゃ脳筋すぎて、陰陽局の繊細な任務にはあんまり適してないかもね」

「それはカレンさんも言ってた」

「カレンさん？」

「あ、京都陰陽局の人。真紀もそのうち会うと思うよ」

ほお。青桐《あおぎり》さんみたいな人かな……？

「カレンさん曰《いわ》く、ペアの相性は凄《すご》く重要みたいで、一人は攻撃型、もう一人はサポート型が安定するんだって」

ということは、私が攻撃型で、津場木茜がサポート型ってことでの抜擢《ばってき》か。

そう考えると、しっくりくるかも。

津場木茜はああ見えて、結構色々できるっていうか器用だし。

すぐキレるしガミガミうるさいけど、世話焼きで色々考えてくれるし……

私も、知らない人と組まされるよりいいかも。

「うんうん。考えれば考えるほど、悪くない気がしてきた。楽しくなりそうじゃない陰陽学院。未来はもう通っているんだっけ？」

「通っているわけじゃないけど、見学は行ったよ。綺麗《きれい》な校舎だった。それに生徒たちも想像よりたくさんいた」

「注目受けたでしょ。源頼光《みなもとのよりみつ》の生まれ変わりって、陰陽局の退魔師見習いにとっちゃ伝説の英雄だもの」

「……どうかな。生徒たちの視線は痛かったけど」

「それが注目受けてるってことなのよ」

来栖未来は、新しい場所に馴染《なじ》めるか、友人ができるか、まともに学校生活が送れるかどうか不安そうにしていた。

かの英雄の生まれ変わりが、そんな心配しないで欲しい。

いや、でも来栖未来らしいといえば、らしいか……。

「あはは。何これ。私たち、未来のこと考えてる」

「え……？」

「あ、ごめん。ややこしいわね。未来って〝予測不可能なこの先〟のことよ。来年のこと。これからのこと。将来の、私たちのことよ」

「…………」

「どうしたの？　ぽかんとした顔して」

「ううん。ややこしいのは、僕の名前だから」

来栖未来は首を振った。だけどどこか、嬉《うれ》しそうにもしていた。

「でも、本当に素敵な名前よね。未来って」

「……あの子にも、そう言われた」

「あの子？」

「僕も……頑張らないと。来年からは、一人じゃないし」

「……………」

この時の、来栖未来の表情は凛《りん》としていて、少し前とは目の色が全然違う気がした。

顔立ちも、以前は馨にそっくりだと思ったけど、少しずつ少しずつ違うところが目立つようになってきた。

全く違う別の人間。

来栖未来という、個人。

私がそう、はっきりと認識したからかもしれない。

それに、来栖未来自身も、過去に仄暗《ほのぐら》いものを抱えながらも、前向きに未来のことを考えているように見える。

言動や表情から、どこかさっぱりとした見通しの良さがある気がする。

私はまだ、彼とペアを組んだという子に会ったことはないけれど、かつてあんなに生きることを拒んでいた来栖未来が〝一人じゃない〟と言えるくらい、大きな存在になりそうなら……

そういう子が、彼の目の前に現れたのなら、本当によかった。

なぜか少し泣きそうになってしまったのは、私の、浅草流おせっかいおばちゃん気質のせいかもしれない。

「じゃあ、真紀。僕、そろそろ行かないと」

少し向こうの道路上に、陰陽局のものらしい黒い車が停《と》まっていた。

乗っているのは青桐さんとルーだろうか。

「京都に帰るの？」

「うん。来年、真紀たちが京都に来たら、また会おう」

「それまでは会えないってことね」

来栖未来はコクンと頷《うなず》いた後、戸惑いがちに私の方をチラチラと見ていた。

「どうしたの？」

「……天酒馨にも、その、よろしくって伝えておいて」

私は目をパチクリ。

「そういえば、あんたたちってまだあんまり関わったことがないわよね」

一応、馨からしたら、同じ魂を分かち合う関係なのに。

同じ顔をしているのに。

「大丈夫よ。きっと馨も、あんたと仲良くやれるわ。あいつ一人っ子だし、兄弟のような関係になれたら素敵よね」

私がポンポンと肩に手を乗せて叩《たた》くと、少し心配そうにしていた来栖未来が眉を寄せたまま微笑《ほほえ》み、小さく頷いた。

「またね」

「うん。また」

私とあなたが「また」と言い合える日が来るなんて。

その約束が、長い人生においてどれほど尊く、大事なことか。

私たちはこれから、とても長い付き合いの中で、特別な友情を築いていくことになる。

来栖未来は、私の予想通り、馨とも兄弟のような良《い》い関係になっていく。

だけどこれは、もう少し未来のお話。

最終話　あやかし夫婦は今世こそ幸せになりたい。

疲れた心と体を癒《いや》し続け、勤勉に励んだ冬が終わる。

雪解けと共に、目覚めの春がやってくる。

私たちの、新しい季節が。


「馨《かおる》、大学合格おめでとう〜〜〜っ！」

その日は、馨の合格発表の日だった。

私はスイの薬局で、眷属《けんぞく》たちを集めて馨の合格祝いの準備をして待っていた。

馨が来るやいなや、パンパンパンと、盛大にクラッカーを鳴らしてお出迎えしたのだが、

「…………」

あれ。馨が、眉間にしわを寄せた妙な顔をしているぞ。

私は徐々に青ざめていく。

「え？　受かったのよね。まさか、落ちた……？」

「受かったわ。当然だ」

「なんだ。ほっ」

馨の報告に胸を撫《な》で下ろす。

現地に行って掲示板で合格発表を確認する、などという感動シーンも特になく、馨はネットでサクッと合否の確認をしてここへやってきた。

「で、せっかくの合格なのに、そのしかめっ面は何なの？」

「この大所帯で鳴らされたクラッカーの音と、火薬の匂いと、ぶち撒《ま》けられたテープにビビっただけだ」

そう。馨は今、クラッカーから飛び出した色とりどりのテープを頭上から被《かぶ》り、結構凄いことになっている。

何だ。私たちのノリについてこられなかっただけなのね。

「いや〜よかったよかった。でも残念。落ちてたら爆笑してやろうと思ってたのに」

「どっちだ、水蛇《みずち》野郎」

スイもいつも通りの馨を煽《あお》っているが、何だかんだと嬉しそうだ。

だが、この場にいた面子《メンツ》の中で最も感激していたのは、由理《ゆり》だった。

「一年の努力が実を結んだね。凄く頑張ったもんね。よかったね馨君」

由理の言葉に今の今までクールな態度を崩さずにいた馨が、思わず感極まり、

「由理には無償で全教科の塾講師をしてもらったようなもんだ。本当に、感謝してもしき

れない……っ」

恩師の手を取り、固く握り締めたのだった。

そう。馨の飛躍的な成績上昇の陰には、由理の力がある。

叶《かのう》先生の式神を実質解雇となった由理。ちょうど時間もあったので、馨の受験を全面的に支えたのだった。

元々、私や馨よりずっと勉学に貪欲で、人間ではちょっと追いつかないレベルの頭脳を持つ由理。

そんな由理が、京大受験対策というものを本気でリサーチし、それを馨に、全て注ぎ込んだのだった。

おかげで馨は、塾に通うこともなく京大受験という大きな壁を乗り越えた。

ぶっちゃけこの受験期、馨は私といる時間より、由理といる時間の方が長かったんじゃないかしら……遠い目。

「あと、実は僕も、こっそり京大受験したんだよね。馨君とは学科違うけどさ」

「え？」

「僕も合格したから、来年からは馨君と一緒に京大に通えるよ。馨君、一人じゃ心細いだろうし、僕も色々と勉強したかったしね」

「……由理、お前って奴は……っ」

由理のさりげないこの報告に、馨はまたまた感極まって由理に抱きつく。

「おい、ちょっと待て」

そんな二人に、チョップで割り込む私。

「男同士で感動を完結させないでちょうだい。私を置いていくんじゃない」

この二人の友情は私にも微笑ましいものだけれど、時々こうやって、私がそっちのけになるのよね。

「馨、おめでと。私だって、凄《すご》く嬉しいんだからね」

「真紀《まき》……」

私がツンデレみたいなことを言うと、馨は私に向き合い、真面目な顔をして素直に「ありがとう」と言う。

「真紀。お前にも色々と世話になった。俺が勉強に集中できるよう、生活の何から何まで、お前に支えてもらって……特に肩こり腰痛に悩まされた時の、お前の激強整体マッサージは効いた。あまりの痛さに死にかけたが」

「は？　馨君、真紀ちゃんにそんなことさせてたの？　殺すよ？」

「黙れ水蛇。お前にも場所と茶を提供してもらった。そこそこ感謝しているかもしれない」

「は？　何それ。喧嘩《けんか》売ってんの？」

スイと馨が今日も仲良く喧嘩している途中、最近しっかりしてきたミカと木羅々《きらら》が、

「やかましいスイは放っておいて、祝宴を催しましょう」

「ボクたち、朝からご馳走《ちそう》を用意していたのよ」

場を取り仕切って、合格祝いのパーティーを始める。

馨は辛いものと苦いもの、スパイシーなものが好きなので、スイの中国四千年のレシピをもとに作った、中華料理三昧だ。

春巻き、五目炒飯《チャーハン》、エビチリ、酢豚、よだれ鶏、トマトと卵の炒《いた》め物……

肉まん、桃まん、海老《えび》シューマイ、焼き餃子《ギョーザ》、小籠包《ショーロンポー》……

点心は大人数でも集まって作ることができるので、朝からずっとみんなで準備し、用意していた。

「ああ〜。これで無事、夫婦揃《そろ》って京都に行けるわ」

やっぱり馨の合格がわかると、京都へ行くテンションも違ってくる。

食欲もいつも以上に湧いてくる。

というわけで、蒸し立ての小籠包からいただく。

黒酢をつけて、一口で食べてしまって、口の中でジュワッと溢《あふ》れた肉汁と戦う。熱いんだけど、この戦いがたまんないのよ……

「そうだ。馨、ご両親には連絡したの？」

「ああ。合格がわかった時に、電話した」

馨は山椒《さんしょう》の利いた激辛麻婆豆腐《マーボーどうふ》食べてる。スイとはいつも喧嘩してるけど、スイの作った激辛麻婆豆腐が凄く好きなのよね、馨。

「喜んでたんじゃない？」

「まあ。父さんは結構喜んでたよ。息子が立派な大学に合格して」

「母さんは、俺が合格したことよりも、やっと本気出したか、みたいな……」

「ああ。あんたずっとスカしてたし……頑張ればもっと上にいけるのに、明日から本気出す、みたいなノリだったものね」

「母さんは、単純に京都を観光したがってた」

「いいじゃない、いいじゃない。私たちが京都に住み慣れたら、おばさんを呼びましょ」

子どもを演じるのが苦手だった馨は、常に悟ったような、大人ぶった態度をとっていたせいで、両親との関係も拗《こじ》れていた。

しかし最近は、甘え方も少しわかってきたみたいで、離婚した父とも母とも、よく連絡を取っているみたいだ。

これからも、もっともっと、良くなっていくといいな。

「よお。お前たち」

「組長！」

「組長って呼ぶな。天酒《あまさけ》が無事に大学合格したって言うから、祝いに来たぞ」

浅草《あさくさ》地下街あやかし労働組合の大和《やまと》組長が、お祝いのケーキを買ってきてくれた。

事前に（私が）リクエストしていた、スカイツリーのソラマチで買える、高級なフルーツタルトだ。

大粒のフルーツが、宝石のように美しい。切り分けるのが勿体《もったい》無いくらいだが、そこはスイが、綺麗《きれい》に切ってくれた。

「お前たち、高校の卒業式が終わったら、すぐに京都に行くんだよな」

「ええ。あちらで準備したいこともあるしね」

もぐもぐ、フルーツタルトを頬張りながら答える私。カスタードクリームの甘さが控えめで、フルーツの酸味と甘味をよく引き立てる、上品なタルトだ。

「俺も、部屋とか借りないといけないしな……」

馨はまだ辛い料理をつまみに、コーラを飲んでいる。

お酒が飲める年齢まであと少し。それまで、きっと馨はコーラを代用品にし続けるんだろうな……。

組長は苦笑いしつつ、「そうか」と言った。

「浅草からお前たちがいなくなると思うと、心細くなる。お前たちには散々世話になったからな。……茨木《いばらき》には散々迷惑もかけられた、が」

「う」

最後のところを強調する組長。タルトを喉につまらせる私。

そんな私をチラッと見た後、組長はグッとお茶を飲み干した。

「京都は浅草とは違う。人にもあやかしにも、古い因習が根付く土地だ。大妖怪の数も多いし、縄張り争いやあやかし同士の抗争が絶えないと聞く。だが、本当に厄介なのは、やはり人間たちだろう」

「人間……」

「気張ってけよ。お前たちが大妖怪の生まれ変わりで強いからって、人間社会、それだけじゃどうにもならないしがらみもあるってもんだからな……」

哀愁漂わせ、大人の説教を垂れる大和組長。

「組長が言うとアレね。説得力あるわね。そういうのに常日頃悩まされてそうだし」

「用心します」

私と馨は、再びフルーツタルトやつまみに夢中になった。

組長はおいおいと言いたげな顔をしていたが、この人の言葉は、私も馨もしっかり受け止めているつもりだ。

私や馨がまだ子どもの頃に出会った、私たちのことを理解してくれる唯一の人間だった。

度々迷惑をかけたけれど、その度に、なんだかんだと言って助けてくれる人だった。

今思えば、組長は私や馨が大妖怪の生まれ変わりであるという色眼鏡で見ないで、純粋に、まだ高校生の子どもであるという付き合い方をしてくれていた気がする。

彼自身も酒呑童子《しゅてんどうじ》の部下〝いくしま童子〟の生まれ変わりでありながら、その記憶をいまだに持たない。それなのに、お人好《よ》しというだけで私たちの無茶に付き合い続けてくれたのだから、本当に奇特な人だ。

組長がいなかったら、私や馨が、人間に心を開こうなんて思わなかったかもしれない。

人間を、信じようとしなかったかもしれない……

「私ね、組長の守る浅草が大好きよ」

突然、私がそんなことを言うものだから、組長はハッとしていた。

「浅草を頼みます、大和さん」

馨もまた、信頼のおけるこの人に、浅草の平和を託す。

「茨木。天酒」

私と馨の名前を呼んで、組長は大きく頷《うなず》いた。

「……ああ。お前たちの仲間も助けてくれるし、こっちは大丈夫だ。京都で頑張ってこい。そしてしんどくなったら、いつでも帰ってこい」

そんな風に言ってくれる人が、浅草を守ってくれている。

だから私も馨も安心して、この地を離れることができるのだ。

私立明城学園《めいじょうがくえん》、卒業式。

この日はとても暖かく、春の到来を予感させる、うららかな日だった。

生徒は皆、式典を終えて、胸に卒業を祝う花のコサージュをつけている。

「真紀〜っ！　元気でね。東京戻ってきたら絶対に連絡してよ」

「うん。連絡する。七瀬《ななせ》も元気でね」

七瀬が珍しく私に抱きついた。

すでに目が赤く腫れており、式典の最中からずっと泣いていたのが七瀬だ。

七瀬は友だちも多いし、部活の後輩からも慕われていたし、高校生活も満喫していたし、この学び舎《や》からの卒業が寂しいのだろうな。

「茨木さん！　天酒君と夜鳥《やとり》君が京都で同棲《どうせい》生活するって噂《うわさ》だけどほんと!?　茨木さんだけ寮生活で禁断の三角関係!?」

「違うと思います」

何だかよくわからない妄想をしている、元美術部の赤縁眼鏡の丸山《まるやま》さん。

由理が継見由理彦《つぐみゆりひこ》だった頃と妄想話が変わらないものだから、もしや丸山さんは由理のことを覚え続けているのではないか？　と心配になったものだ。

彼女はずっと美大志望で、その対策を頑張っていた。部室が美術準備室だったこともあり、よく見ていたから知っている。晴れてこの春から、念願の美大生となるらしい。

「茨木さん。覚えてると思うけど結婚式には私を呼んでよね。私、学生時代の写真ならたくさん持ってるし。何ならムービーもあるし。結婚式でよく、学生時代の映像とか流すじゃん。あれ、作ってあげる」

「え？　あ、うん。ありがと……。相場《あいば》さんのことは忘れないわ」

新聞記者になる夢を叶《かな》えるため、有名な私立大学に合格した相場さん。

受験期は何かとピリピリしていたが、第一志望校に合格したとあって、今はとても上機嫌だ。そしてなぜか、私と馨の結婚式に来たがる。

私たち一般的な結婚式を挙げられるかな……とか思いつつも、友人との約束は守ろうと心に誓った。

私たちは、確かにこの学び舎で、多くの友人と共に青春を謳歌《おうか》した。

友だちとの約束は、今後の人生の励みだ。

「おい、真紀坊。馨！」

「わ、大黒《だいこく》先輩」

その人は大きな声で私と馨の名前を呼んだ。

周囲がビビっている中、卒業生を割ってズンズンとこちらにやってくる。

大黒先輩。いや、今は同級生なんだけど、もはやあだ名が〝大黒先輩〟であって、誰もがそれを受け入れている、浅草寺《せんそうじ》の一柱・大黒天様だ。

卒業式の今日もジャージ姿で、人情味とオーラ溢《あふ》る永遠の先輩。

「大黒先輩も、今年で高校を卒業するんですって？　びっくりだわ」

「ああ。永遠の高校三年生も悪くはないが、浅草も今、色々と大変だ。お前たちもいなくなるしな。俺ももっと神様らしくしようと思って。いまいち頼りにならない、他の七福神をもっと鍛え直さないといけないし。牛御前《うしごぜん》に圧をかけられたし。あと、人間に関わりすぎるのもほどほどにしろと、出雲《いずも》の大国主《おおくにぬし》からも言われてしまったしな……」

「か、神様の世界にも色々あるのね」

永遠の高校三年生を繰り返すと思われていたこの人だが、どうやらそれを、今年で終わりにするらしい。

私たちと一緒に、この人も卒業するなんて思わなかった。

そういう意味で、浅草も、今年は変化の年になるのだろうな。

「京都は、クセの強い神が目白押しだ。俺なんかが可愛《かわい》く思えてくるぞ」

「え……」

「京都陰陽局《おんみょうきょく》は、そういう神々をも上手にコントロールしなければならない。お前たちも、その一端を担うことになるのだろう。気をつけろよ」

「気をつけろって言われても。神様相手なら、いくら私たちでも難しい時があるわよ」

「最悪、京の都の因縁の鬼、とか言われて苛《いじ》められるかもな」

何とかしてよ、大黒先輩〜。

私と馨はウルウルと瞳を潤ませ、いつもここぞと頼もしい、大黒先輩に縋《すが》る。

「うーむ。ならば、可愛い可愛い浅草の子らに、神の加護を授けよう」

大黒先輩はどこからともなく打ち出の小槌《こづち》を取り出し、私と馨の額それぞれに、コツンコツンと打ち付ける。

「いつまでも、すくすく育て。鬼夫婦」

「…………」

私と馨がポカンとして額を押さえていたら、大黒先輩はジャージを翻し、大笑いしながら颯爽《さっそう》と立ち去っていった。

その背中は広く、浅草という土地の、懐の深さを象徴している。

私と馨は、加護を与えられた額をさすって、お互いに顔を見合わせた。

まあ、大黒先輩の加護があれば、一年くらいは京都の神様に苛められずに済むかな、みたいな……

「二人とも、別れの挨拶はすんだかい？」

「あ、由理」

「お前、どこ行ってたんだ？」

「そりゃ、クラスメイトや先生たちに挨拶してたんだ」

「ほらほら。制服姿の三人は今日でおしまいなんだから、写真を撮るわよ」

私たちは、いつもの三人組になって、桜の樹《き》の下で写真を撮る。

ちょうど相場さんがこっちをガン見していたので、せっかくの写真の腕前だし、何枚か撮ってもらった。

「ねえ、真紀ちゃん、馨君。僕はこのまま京都に行くよ」

「えっ⁉」

「俺たちと一緒に行かねーのかよ」

由理の突然の報告に、私も馨もびっくり。

てっきり、私たちは三人で一緒に京都に行くものと思い込んでいた。

「うん。四神はもう先に行ってるしね。それに……若葉《わかば》も春休みに入る。そしたらきっと、毎日、僕を捜そうとするだろうから」

「ああ……」

若葉ちゃんの由理への熱烈なストーカーっぷりは、前々から話を聞いてはいたけれど、最近になって、私も馨もその現場を目撃したばかりだった。

若葉ちゃんはあやかしを見ることができるようになったし、何ならこの一年で、随分とこの手の世界に詳しくなっている。簡単な術なら使えるようになっている。

私と馨のことも、どういう存在なのか知っているらしい。

背後にいるのはあの腹黒眼鏡のお兄さんだ……

いやあ、女の子って凄《すご》い。

私も人のこと言えないけど、大好きな人を追いかける、その執念が凄い。

一方で、私は、由理があの継見家から離れていくことが気になっていた。

「由理。おばさんとおじさんとも……離れてもいいの？」

京都に行ったら、もう、あの家族と疎遠になる。

「……両親は元気に働いていたよ。昨日、見に行ったんだ」

由理は微笑《ほほえ》んでいたが、その目は少し寂しげに揺れていた。

「僕がいなくてもあの夫婦は大丈夫だ。若葉にはまあ、見つかりかけたけど」

「…………」

「いいんだ。僕を忘れても、両親は変わらない優しさと真心で旅人の宿り木になる。僕がどこへ行っても、若葉はきっと追いかけてくる。僕は逃げ続けるけど、楽しい追いかけっこの最中だ」

その時の由理の表情は、実にあやかしらしい、少々意地の悪い笑みを浮かべていた。

若葉ちゃん、厄介な奴を相手にしているわね……

なんて、私と馨が遠いところを見ていたら、由理が私と馨に向き合って、改まったようにして言う。

「ねえ、真紀ちゃん、馨君。君たちとの学生生活は本当に楽しかった。かけがえのない、青春の思い出ばかりだよ。僕のせいで、なかったことになってしまった思い出もあると思う。それが本当に申し訳ないけれど……」

「……由理」

「でも、これからだってきっと楽しい。京都でまた会おう」

由理は柔らかな微笑みをたたえ、卒業証書の入った筒を軽く振った。

そして、春の木漏れ日の中に消えた。

また会える。だけど高校の学ランに身を包んだ由理とは、もう二度と会えない。

それがちょっぴり切ない。

誰もがあなたの本当の名前を知らなかった頃、あなたが何より大切にしていた家族から自分の記憶を消す選択をすることになるとは、思わなかった。

だけど、今ならわかる。

その厳しい縛りを守るあなたは、私や馨も手の届かない、高潔なあやかしだって。

それでも、私と馨と、由理の友情はこれからも続いていく。

由理の言った通り、これからだって、きっと楽しい。

京都で新しい思い出を重ねていきましょう。

「……またね、由理」


三月下旬。

いよいよこの日がやって来た。

私と馨が生まれ育った浅草を発《た》ち、京都に移住する日だ。

春休み中ということもあって、浅草は今日も観光客で賑《にぎ》やかだ。

去年の騒動が、まるで嘘《うそ》のよう。

朝からずっと、大好きだった浅草グルメの食べ歩き、もとい食べ納めをしていた。

芋ようかん、きびだんご、ジャンボめろんぱん……

浅草メンチ、揚げまんじゅう、手焼き煎餅……

両親の生前によく食べた『ヨシカミ』のビーフシチュー……

そして私たちの住んでいたひさご通りにある、有名な『フルーツパーラーゴトー』で、美味《おい》しいパフェをいただいた。

「うっ、うっ。ここのパフェともおさらばなんて、泣けるわ」

「泣くな。目立ってる」

私は4種のいちごの食べ比べパフェというのを頼んで、真っ赤なイチゴがこれでもかとのったパフェを前に、ため息をついたり涙を流したり。

こうやって食べ比べると、イチゴって品種によって味が全然違うんだとわかる。それを教えてくれたのもゴトーのパフェだ。

美味しすぎて、浅草から出て行きたくなくなっちゃう。

「フルーツパーラーゴトーは、近所だったってのもあって、いつもお祝い事の度に来たわね、馨。あと喧嘩《けんか》した翌日とか」

「そうだな。ここに連れてくればお前の機嫌も直ったし……ゴホン」

「…………」

まあ、私の機嫌をとるのに、ゴトーのパフェは必須だ。

だって、ゴトーのパフェからしか得られない幸せがあるもの……

季節の新鮮な果実と、その果実の味を引き立てる、中のアイスやシャーベットも最高に美味しい。アイスやシャーベットからも、フルーツの自然な味わいがするのよね。

パフェ以外にも色々なメニューがあるが、私はここのホットハムサンドもお気に入り。甘くて冷たいものの合間に食べる、しょっぱくて温かな軽食は最高だ。

しかもこのホットサンド、あの有名なペリカンの食パンを使っていて、もっちり食感で美味しい。ゴトーに来るときは、馨におねだりしてパフェと一緒に頼む。絶対にだ。

「俺はここの、マンゴーパフェが好きだったんだが……」

「ああ、あの高いやつね」

「今なら、獄卒の仕事でたんまり金が入ったから、一人一個食えるのに……っ」

「はっ。本当だわ。一つを二人で分け合う必要もないじゃない！」

太陽のタマゴ、とかいう可愛い名前のマンゴーをふんだんに使ったパフェが、フルーツパーラーゴトーにはある。一つが三千円くらいするので、今までは馨と分け合って食べるしかなかった。

めちゃくちゃ甘くって、とろみがあって、果肉が柔らかくって……名前の通り太陽の光をたっぷり閉じ込めたような綺麗《きれい》なオレンジ色をしていて、一回食べると忘れられない多幸感を得られるのよね。

「この季節はまだ食べられない。次はいつ食べられるか……」

「マンゴーパフェがあるのって五月とか六月じゃなかった？　これはもう、ゴールデンウィークに浅草に帰省するしかないわね……」

というわけで、私たちの心を浅草に引き止めたのは、フルーツパーラーゴトーのマンゴーパフェでした。

このパフェが食べられる時期に絶対帰って来る、という強い誓いのもと、私たちは浅草在住最後のイチゴパフェと、ペリカンの食パンが美味しいホットハムサンドを堪能《たんのう》したのだった。

夕方になって隅田川《すみだがわ》沿いの隅田公園の隅っこで陰陽局の迎えの車を待っていたら、そこに浅草のあやかしたちが、大勢で集まってくれた。

「お頭ぁ。わしも姉上も京都移住を真剣に考えたんじゃが、少し難しそうじゃ」

「京都には取材旅行で頻繁に顔を出しますゆえ」

徹夜明けのボロボロな状態で、私と馨を見送りに来てくれたのは、虎《とら》童子の虎ちゃんと、熊《くま》童子の熊ちゃん。

二人は、ミクズとの戦いでカッパーランドに籠城したあやかしたちを守り抜いた英雄だ。

更には人気漫画家で、最近新シリーズの連載を掛け持ちで始めたとあって、日々が修羅場のようだったという。二人の姿を見たらわかる。

それでも見送りに来てくれたかつての部下の肩に、馨はぽんぽんと手をおいて励ます。

「お前たちはお前たちの仕事を頑張れ。俺、お前たちの漫画を毎週楽しみにしてるんだからよ。でも頑張りすぎて身体《からだ》壊すなよ？　京都に来たら、連絡くれよな」

「お、お頭〰〰っ」

虎ちゃんと熊ちゃんと、ひしと抱き合う馨。

千年前、大江山《おおえやま》の狭間《はざま》の国《くに》建国前から、馨との付き合いがある二人だ。

きっと馨は、これからも二人の漫画を読みながら、二人の活躍を楽しみにしているんだろうな。

「天酒、茨木。手土産は持ったか？　京都に着いたら、京都陰陽局の土御門《つちみかど》カレンさんに挨拶に行くんだろ？」

浅草地下街あやかし労働組合の大和組長が、そこのところが一番大切だ、とでもいうように、念入りに確認する。

「わかってますって。亀十《かめじゅう》のどら焼きなら、まず間違いない」

「羊羹《ようかん》が好きって聞いたから、龍昇亭西《りゅうしょうていにし》むらの栗《くり》むし羊かんも買ったわ」

「そうか。よろしく伝えておいてくれ。くれぐれもな」

時々、名前の出てくる土御門カレンなる者。京都陰陽局の偉い人っていうのはわかるんだけど、いったいどんな人なのだろう。

怖い人だったら嫌だなあ。でも浅草のお土産、気に入ってくれるといいなあ。

「あの……」

ミカと木羅々が、もじもじしながら私に近寄ってきた。

まずミカが、私に縦長い立派な箱を差し出す。

「茨姫《いばらひめ》様。こちらを、どうぞ」

「これ……」

箱の蓋《ふた》を開けると、中には黒い羽根が束になっていた。

「僕の……八咫烏《やたがらす》の羽根です。全部で十枚ほどあります。これに、僕の瞳の力を移しています。十回分しかありませんが、京都のあやかしどもに手を焼いたら、お使いください」

「ミカ……」

ミカの瞳の力とは、すなわち、あやかしの心を覗《のぞ》く力だ。

ミカはこの力をほとんど使わないでいたけれど、八咫烏の黒い羽根に毎日毎日、自分の霊力を送り込み、能力を一部移行することに成功したようだ。

これは凄いアイテムになりそうだ。

きっと、これからの私に役に立つ。

「茨姫。これも、持っていて欲しいのよ」

次に木羅々が、自分の髪にさしていた藤の花のかんざしを抜き、私に差し出した。

「これ、もしかして木羅々の藤の花?」

「そうなのよ。枯れないように、ボクがしっかり霊力でコーティングしているから。小規模な結界柱と思うといいのよ。きっと、茨姫を守ってくれるのよ」

木羅々の結界柱としての能力は、神仏顔負けと聞いていた。

そんな木羅々が、これからも私を守ってくれると思うと、とても心強い。

「ありがとう、二人とも。大好きよ」

私は感極まって、二人をギュッと抱きしめた。

ミカと木羅々は浅草に残る眷属《けんぞく》だ。私が京都へ行ってしまえば、会えるのもずっと先になる。

「薬局に運んでもらったけれど、ミカには私の滝夜叉姫《たきやしゃ》を、木羅々には私の釘《くぎ》バットをあげるわ。必要な時に使いなさい」

滝夜叉姫は、大江山で鍛えられた大太刀。

釘バットは、言わずと知れた私の歴戦の釘バットだ。

「茨姫様……っ」

「茨姫〜〜〜〜」

二人はいよいよ我慢できずに、おいおいと泣いてしまった。

「さようなら、茨姫様。どうかお元気で」

「体には気をつけるのよ。お腹《なか》を出して寝てはいけないのよ」

「もう。今生の別れみたいに言わないでよ。ゴールデンウィークには帰ってくるのに」

可愛《かわい》い眷属たちのマザコンっぷりは、嬉《うれ》しいやら悩ましいやら……

「うわーん、真紀ちゃん真紀ちゃん！　寂しいよう、行かないでよう」

「スイはすぐ京都に来るでしょ」

便乗してわんわん泣くスイが、これ見よがしに私に抱きついてくるのを、馨が懸命に引き剝がしていた。

他にも私たちを見送りに来てくれたあやかしは大勢いる。

豆狸《まめだぬき》の風太《ふうた》と親父《おやじ》さん、化け猫のせっちゃん、小豆洗いの豆蔵《まめぞう》、浅草地下街の一乃《かずの》さん、カッパーランドと隅田川の手鞠河童《てまりかっぱ》たち。

そして……

「……凛音《りんね》」

問題児でもある、眷属の三男坊。

彼は少し遠くで私たちの様子を見ていたが、私と目が合ったら、すぐに路地裏にフッと消えた。

まあ、凛音とは京都でも会えるだろうし、いいか……

なんて思ったら大間違いだ。

「凛音！　いるんでしょ、出て来なさい！」

私は大声で凛音を呼ぶ。

呼んだらすぐ行く、などと格好つけて言っていた手前、凛音は渋々路地裏から出てくる。

「……何だ」

「何だ、じゃないでしょ。兄弟と一緒に私をお見送りしなさい。いいわね」

「…………チッ」

「チッ、じゃない。全く、いつまでも反抗期なんだから」

凛音はとてもとても不服そうだったけれど、ニヤニヤしているスイやミカや木羅々によってガッチリ捕えられ、強制的に私を見送る羽目になる。

この浅草という地で、一堂に会した眷属たち。

私や馨を、千年もの間待ち続けてくれた家族が、また私たちを見送る。

だけど前世のような、理不尽で悲劇的な別れ方ではない。

これは、幸せな門出だ。

「じゃあ、行ってくるわね。浅草組は、助け合うのよ。京都組は、また今度ね」

「あやかしとはいえ、頑張りすぎるなよ」

私たちも、眷属たちに愛を歌う。

この愛情は無敵であって、永久不滅のものだろう。

「ではそろそろ、行きましょうか。新幹線の時間もありますし」

青桐《あおぎり》さんが私と馨に声をかけた。

私も馨も頷《うなず》いて、ちょうど来た迎えの車に乗り込む。

乗り込む時に、一度だけスカイツリーを見た。

いつも私たちの側《そば》にあった、希望のような、この地のシンボル。

どこにいたってあの電波塔が見えた。

あの塔を目指して歩けば、私はこの街に、温かい家に帰ることができた。

叶《かのう》先生が最後の力を託したのも、あのスカイツリーだった。

だけど、これから私は、あの塔が見えない場所に行く。

「さようなら、浅草」

私の終わりと、始まりを見守り続けてくれた場所。

私たちの故郷。

再びこの地に戻ってくる日まで、私は歩みを止めるつもりはない。

成長した姿を、見てもらいたいと思う。


「それでは、お気をつけて。向こうで、茜《あかね》君と未来《みらい》君をよろしくお願いします。京都陰陽局のカレンさんにも、よろしくお伝えください」

「私たちも来月そちらに行く。また会おう、真紀」

東京駅では、青桐さんとルーが見送ってくれた。

「ええ。また会いましょう。青桐さん、ルー。体には気をつけて」

「お世話になりました。浅草の奴らを、どうぞよろしくお願いします」

私と馨は、揃《そろ》って頭を下げた。

この一年、陰陽学院への入学のため、私はこの二人と随分長い時間を過ごしたし、凄《すご》くお世話になっていた。ぶっちゃけかなり砕けた仲になったと思う。

馨もそうだ。京大にあるという陰陽局のサークルについて、青桐さんに色々と話を聞いていた。

本当に感謝している。私たちをここまで導いてくれたこと。

何より、叶先生の事情や、ミクズ戦での計画というものを、私たちは全てが終わった後に、青桐さんから詳しく教えてもらったのだった。

今思えば、青桐さんは叶先生に、最も信頼された人間だったんだろうな……

新幹線に乗り込んで、指定の座席に着く。

この時、おもちは例のぬいぐるみ姿になって、カバンの寝床でぐっすりと眠っていた。

窓際からルーが手を振るのが見えたので、振り返した。

そしたらすぐに新幹線が出発して、徐々にスピードを上げて、この地から遠ざかって行く。

「………」

どんどん、どんどん、遠ざかっていく。

「真紀。泣いているのか？」

　窓の外ばかりを見ていた私に、馨が声をかけた。

　私は涙声で返事をした。

「泣くわよ」

「どうして？」

「寂しいからよ。大切な場所と、仲間から、離れて行くのよ」

　わかっている。

　これが私たちにとって、必要な旅立ちだってこと。

　大人になるための、大切な通過点だってこと。

　私や馨だけじゃない。進学や就職を機に生まれ故郷を離れる者たちは、この日本にもたくさんいる。そういう意味で、私たちはごく普通の人間だ。

　だけど、

「浅草……あの場所には、私の大切なものが多すぎたわ」

　この切なく寂しい気持ちは、いつも、別れと共にある。

　こんな気持ちになるくらいなら、いつまでも子どもでいたかった。

　大切な人たちと、同じ場所に留まっていたかった。

　浅草に住んでいた、とある鬼嫁の日々の記録。浅草鬼嫁日記。

それを永遠に紡いでいけたら、どんなに幸せだったか。

だけどそれは、嘘《うそ》をついてまで偽りの平穏を貫こうとした、私と馨と由理の関係にも似ている。

「俺たちは、愛されたな」

「…………」

「浅草という土地に。あの場所に居場所を求めたあやかしたちに。あの土地に住んでいた人間たちに……」

ゆっくりと、馨の方を向く。

涙に濡《ぬ》れた顔を見て馨が苦笑し、彼はその指で、私の涙を拭ってくれた。

「その気持ちを忘れなければいいんだよ、真紀。俺たちにしかできないことがある。育んでくれた感謝を、返すための旅立ちだ」

「馨……」

「それでも、変わらないことだってある。俺たちはずっと一緒だ。もう二度と離れ離れになることはない。それだけは、長い人生のどこを切り取っても変わらない」

馨は、ほのかに大人っぽい表情で、私の顔を覗き込んだ。

そして軽く、私の唇に口付ける。

「そうだろう、真紀」

「……そうね、馨」

私たちは額をくっつけあって、一番、大切なことを確認する。

「私と馨が一緒なら、向かうところ敵なしだわ」

怖いものも、恐ろしいものも、寂しい思いもない。

私たちからお互いを奪える者なんて、いるはずない。

私と馨は手を取り合う。そしてギュッと、握り合う。

これから向かう場所は、千年前の私たちが生まれ、出会い、御伽噺《おとぎばなし》を紡いだ土地。

私の嘘が暴かれて、あなたにもう一度恋をした場所。

「おやすみなさい、馨」

「ああ。ゆっくり眠れ。真紀」

馨の肩にもたれて、私は目を瞑《つぶ》った。

そして、長い長い数奇な運命と、この十八年の記憶に揺られて、眠る。

あやかし夫婦は、もう一つの故郷に、今帰る――

春。

出会いと別れと――満開の桜の美しい季節。

私と馨は、京都にいる。

京都でお世話になる人々への挨拶や、津場木《つばき》茜と来栖《くるす》未来との再会を終え、その合間に馨のアパートを探したり、日用品や家具を揃えたりして、生活の基盤を整えていた。

それが一段落した頃に、私たちは、京都の六道珍皇寺《ろくどうちんのうじ》を訪れた。

京都に来たら、馨はずっと、ここへ行きたいと言っていた。

どうしても確認したいことがあるらしい。

「でもこの井戸、京都陰陽局の管轄なんでしょ？　勝手に使用していいの？」

「一応、カレンさんに許可は取った」

私と馨は、六道珍皇寺の有名な〝冥土通《めいどがよ》いの井戸《いど》〟を覗《のぞ》き込む。

見た感じ、至って普通の井戸なのだが……

「……土御門カレン。てっきり大人の陰陽師《おんみょうじ》だと思ってたら、私たちと同じ学生とは。

あの人が後々、京都陰陽局の陰陽頭になるわけでしょ。実質、私たちのボスってわけね」

「食えない人だが、一目見ただけでわかる。ありゃ相当なやり手だぞ……」

「青桐さんの姪《めい》らしいけど、超納得だわ。どうして陰陽師ってあいう、一筋縄でいかなそうな人ばっかりなのかしらね」

「茜や未来は違うだろ」

「あいつらの純朴さって、もしかしたら貴重なのかも……」

とか、そんなことをぼやいていたら、馨が突然、私の手をグッと引いた。

そして、平然と〝冥土通いの井戸〟に飛び込んだのだった。

「ぎゃあああああ」

濁音混じりの、可愛《かわい》くない悲鳴を上げる私。

真っ暗闇の中を、どんどん、どんどん、落ちていく。

落下の速度が増していく中、ふと、空間の境目を通り過ぎたような妙な感覚があり、視界が開けた。

そこは、この世界系の最下層――地獄《じごく》。

気がつけば馨は地獄の獄卒の制服に身を包んでいたし、私は私で、茨木童子《いばらきどうじ》の格好をしていた。というか、二人とも鬼の姿だった。

「どういうことよ、馨。私をトラウマ死させたいの？」

「悪いって。そんなに地獄を怖いと思っているなんて……」

「当たり前でしょ！　私が無間《むげん》地獄で、どんな責め苦を受けたと思ってるのよ！」

私は生まれたての子鹿みたいにガクガク震え、へっぴり腰で馨の腕にしがみつき、そのまま連れられていく。

地獄の第一層である〝等活《とうかつ》地獄〟をギョロギョロと見渡し、警戒していたが、ここは鬼ばかりの世界なので、馨も私も違和感なく馴染《なじ》んだ。

さて。

等活地獄には閻魔王宮《えんまおうきゅう》と呼ばれる、この世界の中枢となるお城がある。

その城下町は地獄らしからぬ活気があって、この辺の空は青く、晴れ晴れとしている。

「おお、外道丸《げどうまる》」

「地獄に戻って来たのか」

馨は色々な鬼に声をかけられていた。

獄卒時代にお世話になった鬼や、知り合った鬼が大勢いるんだとか……

やがて閻魔王宮に辿《たど》り着き、馨は門番にあれこれ話し、何やら通行手形のようなものを見せたりして、私を連れて閻魔王宮の中へと入る。

「閻魔大王様に挨拶に行くの？」

「それはまあ、後でいいだろ」

「……？」

エレベーターで高層階に上がり、空中庭園のような場所に出る。

そこは、しだれ桜がこれでもかと咲き乱れ、覆《おお》い被《かぶ》さる、閻魔王宮の庭園。

どこからか、懐かしいタバコの匂いが漂ってきて、私はハッとした。

「あ、おい！　真紀！」

そのタバコの匂いを追って、馨が呼び止めるのも聞かずに、走った。

庭園はグネグネと入り組んでいたが、その匂いが、煙が、私を導いてくれる。


「…………」


淡き光立つ、桜と霞《かすみ》のその向こう。

黒い束帯を纏《まと》った、金髪の公卿《くぎょう》の人影が一つ。

小高い場所の、座り心地のよさそうな岩に腰掛け、しだれ桜の枝や花に姿を半分隠しながら、プカプカと煙管《キセル》をふかしてのんびりしていた。

「来たか、お前たち」

私は幻を見ているのだろうか。それともここが、地獄だからだろうか。

だが、私に追いついた馨が、

「……はあ。やっぱりここにいたか、叶」

わかってましたよ。と言いたげな顔をして、腰に手を当ててため息をついた。

そう。そこにいたのは、叶先生だった。

だけど叶先生は、ミクズとの最終決戦以降、現世《うつしよ》から消失したとしか言いようがない状態だった。どこを捜してもいなかった。

それを「死」と断言はできなくとも、ほとんど、同じ状況だった。

「……え？　え？　どうして叶先生がここに⁇」

やっと、私が頭を抱えてまともに混乱し始めると、

「叶先生、ではない。安倍晴明《あべのせいめい》でもない。ここでは小野篁《おののたかむら》だ。覚えておけ茨木」

淡々と私に、呼び方の訂正を求める。

以前は「叶先生と呼べ」と、散々注意してきたくせに……

「って、そんなことはどうでもいいのよ！　生きてるなら生きてるって、連絡しなさいよね！」

私はビシッと叶先生に向かって指を突きつけ、大声をあげてしまった。

「無茶言うな。ここは地獄だぞ」

叶先生はしらっとした顔をして、また煙管をプカプカとふかす。

地獄でもヘビースモーカーなんて、どうしようもないわね。

「いやいや。お前は絶対、俺に連絡できたはずだ。獄卒アプリなんて作っておいて」

「…………」

「面倒臭かっただけだろ。てめぇ」

馨も若干、怒っているようだった。

だって、そうでしょう。

これでも私たちは、叶先生のことで心を痛めていた。

惜しい人を亡くしたと、陰陽局の人たちだって悲しんでいた。

何もしてあげられなかった、してもらってばかりだったと、感謝すら伝えられなかったことを悔やんでいた。

それなのにこいつは、連絡もよこさず、地獄でのんびりタバコを嗜《たしな》んでいたわけよ。

「しかし、よく地獄に来ようと思ったな。お前たちはもう、ここへ来ないと思っていたが。特に茨木。お前、地獄で随分と苦しんだだろう？」

「話を逸《そ》らさないでくれる？　おかげさまでトラウマがフラッシュバックよ！」

ニヤニヤして私を見下ろす叶先生が、最高にムカつく……。

感動の再会なんてありはしない。

叶先生が浅草を守るために死んじゃった、とか思って、私の中でかなり美化されて記憶されていたようだが――思い出した。私は全てを思い出した。

　そうだ。

　この男は安倍晴明時代からずっと、こうだった！

「地獄の果てで待つ」

「…………」

「叶。お前が、最後に俺に送ったメッセージだ」

　一方、馨は真面目な顔をして、自分のスマホ画面を叶先生に向かって掲げていた。

「ずっと、この言葉が気になっていた。地獄の高官であり、俺たちの転生すら操作したお前が、こんな形で死ぬわけがないって……」

　馨がギロッと、叶先生を睨《にら》む。

「で、案の定、地獄にいやがった。なんで現世に帰ってこない」

「面倒な後始末は、お前たちに任せようと思ったまでだ」

　叶先生は軽く首を傾《かし》げて、フッと笑う。

「やっとのんびりできる時間を得たのに、今更、現世には戻れない。なあ、クズノハ」

「……え」

　叶先生の傍らには、いつの間にか金の蝶《ちょう》が舞っていた。

それが集い、金の毛並みを持つ狐《きつね》を象《かたど》り、叶先生の側《そば》にちょこんと佇《たたず》む。

私たちはじわりと目を見開いた。

クズノハ。葛《くず》の葉《は》。常世《とこよ》時代から連れ添った、叶先生の奥さんだ。

「クズノハ？」

「なんでここに……？」

私も馨も、それはもうびっくり。

叶先生が毛並みを撫《な》でると、狐は甘えたように体を擦《こす》り付け、その膝の上に頭をのせる。

「俺もクズノハも、あの戦いの事前に神格を得ていた。人間としての生は全うしたが、俺たちは共に、神として生き続ける」

呆気《あっけ》にとられたが、一方で、心が震えた。

なぜだかよくわからなかったが、胸が締め付けられ、泣きそうになってしまった。

この夫婦が今も一緒にいるということ。

それが私にとって、希望のようにも、救いのようにも思えたのだ。

きっと、馨も同じ気持ちなんだろう。

どうしても敵《かな》わない。そんな顔をして叶先生を見ているもの。

叶先生はクズノハと寄り添い、しだれ桜の合間から差し込む光を背負い……

神様であることを疑いようのない瞳で、私と馨を見下ろして、告げた。

「地獄の果てで、お前たちのこれからを見ている。お前たちが幸せな人生を全うできるよう、ずっと、守ってやる」

胸に迫る、守りの言葉だ。
今までだって、ずっと、ずっと、守ってくれていたくせに。
私や馨が、そのことを知らなかっただけなのに。
知らないまま、敵意を向けてきただけなのに――
長い長い戦いの中で、他人の幸せのために、どうしてこんなに頑張れたのだろう。
諦めたり、逃げたりしなかったんだろう。
叶先生自身の幸せは、いったいどこにあったのだろう。
「お前は……お前は、幸せだったのか？」
馨の切実な問いかけに、叶先生は煙管を一服し、煙を吐いた後、
「悪くない人生だったと思っている。今までも……おそらく、これからも」
前世でも今世でも見たことないくらい、穏やかで幸せそうな顔をしていた。
ああ、やっぱり、敵わない。
私はこの人を、憎んで恨んで、殺したことだってあるのに。

それでもあなたは、悪くない人生だったと、誰を憎むこともなく言えるのね。

「ありがとう。ごめんなさい」

思いが、言葉が、涙が溢《あふ》れた。

「何もかも、ありがとう。先生……っ」


ずっと、この言葉が言いたかった。

二度と伝えられないんじゃないかって、後悔していた。

私の純粋な感謝の想《おも》いは、叶先生の目をパチパチと瞬《まばた》かせ、珍しいものでも見たような顔をさせた。

そして、

「お前から、そんな言葉を言ってもらえる日が来るとはな」

先生は眉を寄せ、感傷的な笑みを浮かべた。

私はボロボロ泣いていたし、馨も目に涙を浮かべている。

だけど最後は、お互いにそれが可笑《おか》しくなって、笑い合った。

私たちは、全力で人生を謳歌《おうか》し、駆け抜けなければならない。

それ以外はあり得ない。

そうでなければ、この人に報いることができない。


だから、見ていて。

私たちのこれからを。私たちの生きざまを。


あなたと私たちの前世に恥じぬよう、今世こそ、幸せになってみせる。

まだ見ぬ未来で、叶先生の蒔《ま》いた種をしっかりと育てて、大輪の花を咲かせてみせる。

そうしていつか、私たちが人生を全うし、再びここに辿《たど》り着いたなら――

舞い散る桜の樹《き》の下で、敵も味方も笑い合い、盃《さかずき》を交わし合って盛大な宴《うたげ》を開きましょう。

御伽噺《おとぎばなし》のその続きを、延々と、語り継ぎながら。

番外編

【一】未来、呪いと向き合う。

【二】未来、はじまりの風が吹く。

番外編【一】　未来、呪いと向き合う。

長い長い、悪夢を見ていた。

魑魅魍魎《ちみもうりょう》の黒い手が「お前を絶対に許さない」と嘆きながら、追いかけてくる夢。

かつての僕は、いったいどれほどのあやかしを葬ってきたというのだろう。

どれほどの恨みをかったというのだろう。

曇天の下、何もない荒野を、ただ逃げ惑っていた。


――未来永劫《えいごう》、この呪縛から逃れることはできない。


僕にそう唱え続けた、ミクズ様の恐ろしい声がする。

そうかもしれない。

僕はどうあがいても幸せにはなれないのかもしれない。

幸せになる資格なんてないのかもしれない。

だけどひたすら走っていたら、雲間から光が差してきて、僕の名前を呼ぶ声が聞こえた。

未来《みらい》。未来。

もう何もかも終わった。だから、帰ってこい――

○

真っ白な、知らない天井。

そこにぬっと割り込んできた、鮮やかなオレンジ色の頭。

「未来！　目覚めたか!?」

「……茜《あかね》？」

まだハッキリとしない意識の中、心配そうな顔をして僕を見ている少年の名前だけは、
思いのほかスッと出てきた。

津場木《つばき》茜。陰陽局《おんみょうきょく》の、退魔師の一人だ。

「ここは……」

「ここは京都。陰陽局京都総本部の医療施設だ」

「僕は……生きているのか？」

「ああ、そうだ。お前はちゃんと生き残った。茨木《いばらき》も天酒《あまさけ》も生きてる。もちろん俺も」

「…………」

茜が状況を教えてくれる。

ミクズ様との戦いが終わり、僕は大怪我《けが》を負ったが一命をとりとめた。

しかし大魔縁《だいまえん》の呪いに蝕《むしば》まれ、ずっと意識が戻らなかったため、京都にある陰陽局の医療施設に運ばれて、その手の治療を施されたようだ。

そうか。

僕は、生き残ってしまったか……

僕は自分に取り付けられていた呼吸器を外し、ゆっくりと起き上がる。

両足の義足はそのまま僕の体に備わっていたので、おそらく彼らに外すことはできなかったのだと思う。これは僕の霊力によって、神経と繫《つな》がっているから。

「お、おいおい。あんま無茶すんなって」

茜がそう言いながら、僕が起き上がるのを手伝おうとしてくれた。

茜だってまだ怪我をしているのに……

やはりまだ、あまり体の感覚がない。思考も感情も、いまいち働かない。

そんな時、病室のドアがガラリと開き、着物姿でおかっぱ頭の、知らない女性が入室してきた。

僕や茜とそう変わらない年頃に思えるが……

「はじめまして来栖《くるす》未来君。私は土御門《つちみかど》カレン。陰陽師だ」

「………」

土御門カレンという人は余裕ある雰囲気のまま、ぽかんとしている僕を見る。

「そうだね。君の治療と、今後のことを任されている者といえばいいのかな。君は大怪我を負っていて、膨大な呪いを抱えているようだから、まずは肉体と精神の健康を取り戻そう。生きていることが、辛《つら》くないと思えるように」

なんだろう。

この人の霊力は、妙な存在感があるというか、グイグイと迫るような圧を感じる。

怖いわけではないのだが……

「おい。未来。お前、ポカーンと口開けてるが状況わかってんのか？　これからお前は、俺と同じ陰陽局の退魔師になるんだ。そして将来的には、この人の下で働くんだよ」

「……え？」

茜が隣で色々と言ってるが、僕にはいまいち状況が呑《の》み込めない。

そもそも僕は、退魔師になるなんて一言も言ってないのに……

茜は僕の考えていることに勘付いたようだった。

「不服そうだな。だが、ひとまずは俺たちに従え。お前の意思はその後ちゃんと確認してやる。だけどそれまで、お前のことを面倒見てくれるのはこの人なんだから、失礼なことするなよ。若く見えるけど偉い人なんだから」

「アッハッハ。そんな大層なものでもないさ」

土御門カレンは、思い切りよく笑う。

だがすぐに、陰陽師らしい読めない笑みを浮かべ、後ろ手を組んだ。

「私は生まれた時からこの業界にいる。来栖君にも、安心して頼って欲しいと思っているよ。来年になれば、君は津場木君と共に京都の陰陽学院に入学するのだから。もちろん、君がそれを願うのなら、だけど」

「…………」

「ついてこれてるか〜、未来」

「あ、うん。多分」

流されるまま……僕は頷《うなず》いた。

茜は「はあ〜」と呆《あき》れたように首を振っていたし、土御門カレンはクスクス笑っている。

そうか……

僕は、これからきっと、この人たちに助けられながら生き永らえるのだろう。

バルト・メローの狩人《かりゅうど》ではなくなり、ミクズ様もいなくなった。

現実世界では、死んだことになっている。一人では何もできないのだから……

僕は冷静にそんなことを考えていた。というか、この人たちに頼って生きていく以外に道はないんだろうなと、わかっていた。

それが嫌だとか、やっぱり死にたいとか、そんな感情すら湧いてこない。

逆らう気力もなければ、そんな資格もないと思った。

そうだ。今の僕には、何もない。

何もないのだから、大人しく、流されるまま日々を過ごした。


僕はあやかしに呪われている。

源　頼光《みなもとのよりみつ》が殺した数多くのあやかしの呪いを、転生してもなお、この魂が引き継いだというのだから業が深い。

さらに、大魔縁と化したミクズ様の呪いまで背負った。

これがとにかく超ド級の呪いだという。大魔縁を倒した代償、と誰もが言った。

こんなものまで背負うなら、生き残るより死んだ方が楽だったのではないか……と、今までの僕は考えただろう。

しかしあやかしの呪いというのは、現代では対処法がいくつかあり、少しずつだが消し去ることができるのだという。

「はじめまして。水無月文也《みなづきふみや》と申します」

数日のうちに、カレンさんが僕の病室に連れてきたのは、銀糸を彷彿《ほうふつ》とさせる髪色の、品のある羽織《はおり》姿の青年だった。

どうやら、僕の呪いを治療するために呼んだ、その手のエキスパートらしい。

カレンさんが僕に紹介する。

「来栖君。こちらの水無月君は私の同級生で幼馴染《おさななじみ》だ。京都の陰陽師にとって水無月家の浄呪の薬というのは必要不可欠でね。君も水無月家の薬があれば、呪いを少しずつ浄化していけるよ」

「…………」

また知らない人が来た、くらいの感覚だったのだが、朝から僕の病室にいた茜は目を丸くさせ、小声でボソッと呟《つぶや》いた。

「……水無月家が出てくるのか。つーか、水無月家の人間って初めて見たぜ」

まるで幻の生き物でも見たようなことを言うので、僕にはそれが少し不思議だった。

だけど、確かにこの人が部屋に入ってきた瞬間、まるで人ではない、妙な気配を感じた気がした。あやかしでもないし、確かに人なんだけど。

「水無月家の薬が呪いを浄化するって……いったい、どういう仕組みなんだ？」

僕より茜の方が、興味津々な様子で尋ねた。

「そうですね……」

水無月文也という青年は表情をあまり変えることなく、懐から小さな箱を取り出し、蓋《ふた》を外して中身を見せる。

そこには氷砂糖のような、ガラス細工のような、丸みを帯びた果実が一粒、厳かに納められていた。キラキラととても綺麗《きれい》で、見ているだけでも不思議な心地になる。

水無月文也は、相変わらず礼儀正しい口調で説明する。

「呪いを浄化する薬には、我々水無月家が独占的に栽培する〝宝果〟という果実が使用されます。この〝宝果〟は、我々の住まう世界系を外れた、遥《はる》か遠い異界の産物で……現世《うつしよ》の基準をはるかに上回る清らかな存在と言いますでしょうか。ある意味で、穢《けが》れをゼロ以下にまで落とし込む、奇跡的な、清めの霊力を豊富に含んでいるのです」

「宝果。青桐《あおぎり》さんが茨木に食わせたアレか」

僕にはピンとこなかったが、茜には覚えがあるようだ。

「確かに、この果実は一時的な霊力回復アイテムとして利用することも可能です。このまま食べると霊力過多で肉体に負荷がかかるので、本来は色々と加工を施すのですが……先の浅草《あさくさ》の戦いで、このまま食べて問題なく回復した少女がいると聞いて、正直かなり驚きました」

……真紀《まき》のことか。

どうやら、大怪我を負った真紀がミクズ様と対等に戦えたのは、この果実を食べたおかげらしい。

水無月文也は僕のいるベッドの横までやってきて、あらかじめ用意されていたパイプ椅子に腰掛けた。

「手を」

「………………」

言われるがまま、手を差し出す。

彼と握手をするような形で、しばらくじっとしている。

水無月文也は目を閉じ、手を通じて呪いの程度を調べているようだった。

「どう?」

カレンさんが横から顔を出し、水無月文也に尋ねた。

「……驚きました。話には聞いていましたが、来栖さんは莫大《ばくだい》な呪いを抱えていらっしゃる。僕は今まで、数多くの呪い持ちの退魔師や陰陽師を見てきましたが、ここまで重篤なのは初めてです」

水無月文也は少々深刻そうに眉を寄せていたが、そのまま話を続ける。

「ですが、これほどの霊力を持っているのであれば、水無月家の保有する最も強い薬に耐えられるでしょう。そこは利点と言えます」

「ほほう。ならば一番いいのを頼むよ、水無月君」

「もちろん、そのつもりです。来栖さん。これから朝と夜にこちらの薬をお飲みください」

水無月文也は、持ってきていた薬箱のようなものから、何か取り出す。

それは薬包の束になったもので、彼は僕に直接手渡した。

「薬……」

「ええ、そうです。おそらくこれを飲み始めたら、奇妙な夢を見ると思います。毎朝その夢をノートに書き留めてください。それが呪い除《よ》けの儀式のヒントとなるのです」

「……夢は毎晩見ている。無数の黒い手が僕を追いかけるんだ」

僕がボソッと答えると、この部屋にいる者たちが「ほお」と言いたげに目を見開いた。

「黒い手。呪いが、来栖さんにはそう見えるのですね」

「みんな、そうじゃないの？」

誰もが、同じようなものを見ているのかと思っていたが、そうではないらしい。

これについては、茜が教えてくれた。

「呪いの形は、人それぞれ見え方が違う。鳥の形をしていたり、獣の形をしていたり、時には人間のような輪郭をしていることもある」

カレンさんが茜の話に続けて言う。

「呪いが形を保っているうちは、まだまだ呪いが全盛ということだよ」

僕が不安そうな顔をしていたからか、水無月文也がそれに気がついて、穏やかな声で

「大丈夫です」と言ってくれた。

「この薬を信じてください。そうすれば、まず呪いが形を保てなくなってきます。形が保てなくなったら、心身を襲う苦痛も、随分と軽減されていることでしょう。僕もお手伝いしますので、一緒に頑張りましょう」

「……うん」

なんだかその大人びた声には、素直にコクンと頷いてしまった。

「では僕はこれで。来週も薬を持って来ます。あとはカレンさん、よろしくお願いします」

水無月文也がパイプ椅子から立ち上がる。

「お、おい」

茜が、帰ろうとしている水無月文也に、慌てた様子で声をかけた。

「その……水無月家の薬は相当貴重なもので、かなり高額だと聞いたことがある。お前らは〝天女の末裔《まつえい》〟で、月の遺産を独占的に抱え込んでいる一族だ」

「……おっしゃる通りです」

「特に〝宝果〟の薬は生産制限もあって、金をどれだけ積んでも手に入らないことがあると聞いた。東京陰陽局だって、青桐さん以外は手に入れるツテすらない」

「…………」

「その辺は大丈夫なのか？　その……未来はおそらく無一文だぞ」

茜が妙な焦り方をしている。確かに僕は無一文だ。

ちなみにカレンさんも、水無月文也を横目でじーっと見ている。

水無月文也は特に表情を変えなかったが、

「今回は、全面的に水無月家の支援という形で、薬を提供させていただきます」

「おや。それって無償でいいということかな？　金にシビアな水無月君が珍しい。私がいくら頼んでもまけてくれないくせに」

「人聞きが悪いですね、カレンさん。今回のことは僕にとっても未来への投資ですから」

そう言って、水無月文也は僕の方に向き直り、礼儀正しくゆっくりと頭を下げた。

「どうぞ今後とも、水無月家をご贔屓《ひいき》に」


確かに、この薬を飲み始めてから見た夢は、今までとは何かが違っていた。

いつもなら黒い手が僕を追いかけて、雁字搦《がんじがら》めにして絞め殺そうとしてくる。

その様が恐ろしくて仕方がないのに、なんと言うか……

薬を飲み始めてからの黒い手は、もの凄《すご》くやる気がない。

全然追いかけてこないし、なんなら空中をヘニャヘニャと蛇行して、ベシャッと地面に落ちたりする。全く怖くないのだった。

そして朝になって、当たり前だが目が覚める。

この、目覚めの感覚も悪くない。

今までほとんど感じたことのなかった、心地よさのようなものがある。

僕は起きてすぐ、覚えているうちにノートに夢の様子を書き留める。

これを毎日毎日、繰り返した。

そのうちに、夢に出てくる呪いの黒い手の数が減っていき、なんなら小さくなっていき、やがて地面から生えた雑草のような姿になり、手で簡単に引っこ抜けるのではと思えるようになった。

実際に、夢の中で引っこ抜いてみた。

「……？」

すると、根っこのところに干からびた猿の顔面があったので驚いて放り投げてしまった。

この日の朝は、そこで目を覚ました。

「そういうことならば、未来君の儀式は〝草むしり〟になりそうですね」

毎週、浄呪の薬を届けに来てくれる文也先生が、僕の夢の様子や、ノートに描いた内容を見て、呪い除けの儀式を判定した。

この頃には、僕は彼を文也先生と呼び、彼は僕を未来君と呼ぶようになっていた。

ちなみに茜は、基本的に平日は関東の実家に帰っていた。

「……草むしり?」

「未来君。儀式はとても重要です。各々儀式の内容は違いますが、毎日これをするかしないかで、呪い持ちの人間の〝生活の質〟が変わるのです」

「そうそう。ちなみに私は毎日折り紙を折っているよ。これが儀式だからね」

病室の窓際で、カレンさんが遅めの昼食だという菓子パンの袋を開けながら、僕に呪い除けの儀式について語った。

呪い持ちの人間にとって、呪い除けの儀式とは、その呪いによって受ける苦痛を避ける効果があるという。

儀式で呪いの影響を避けつつ、水無月家の薬で呪いを間引いていく。これを同時進行で行うことが、今回、僕が抱える膨大な呪いに対する、最大限の対処方法ということになったのだった。

「そう言えば、津場木君は毎朝牛乳を飲むって言ってたかな。私の許嫁《いいなずけ》の芦屋《あしや》は……何だったっけ」

「芦屋は、毎日10キロ走り込みです」

「ああ、そうだったそうだった。だからあいつは、毎日実家から学校まで走って通っているんだった」

「……許嫁の儀式くらい、覚えてあげてください、カレンさん」

文也先生が、少し呆《あき》れたようなため息をついた。

「許嫁？」

僕が首を傾《かし》げていると、カレンさんがそれに気がついて、詳しく話してくれた。

「ああ、私には許嫁がいるんだよ。ちょっと愛想がないが甲斐甲斐《かいがい》しい年下の男だ。そう言えばまだ挨拶をさせていなかったな。今度連れてこよう」

「許嫁って……何？」

「ああ、そこか。許嫁とは将来の結婚相手のことさ。水無月君にもいるよね」

「ええ」

当たり前のように頷《うなず》く、文也先生。

僕の頭の中は、ますます疑問だらけだった。

「……なんで？　なんで二人とも、結婚相手が決まってるの？」

二人とも僕と同年代なのに。結婚なんて、普通であれば、遠い先のことだろうに。

「なんでって」

カレンさんと文也先生は顔を見合わせ、少々困ったように笑う。

「悲しいかな、我々の世界は血がものをいう。あやかしの見える人間が減りつつある今、この力を次世代に引き継ぐには、才能のある者たちをくっ付け合うしかないのさ」

「…………」

「カレンさん、未来君が引いています」

確かに文也先生のいう通り、僕は口を半開きにして言葉を失っていた。

カレンさんはハッとして、

「ああ、ごめんごめん。君は茨木真紀に失恋したばっかりだったよね。大丈夫、君はこれからきっとモテるよ！　縁談話が絶えないと思う！」

「…………」

「やめてあげてください、カレンさん。未来君は今、ストレスを溜《た》め込んではいけない時期なのです」

僕のストレスを気にかける文也先生は、カレンさんに強めの視線を送って訴える。

カレンさんは「わかったわかった」と言って、病室のソファに座り込んで、どこからか持ってきた折り紙を折り始めた。

改めて、文也先生が僕に説明をした。

「いいですか、未来君。呪い除けの儀式というのは、日々繰り返すことで呪いの送り主に対する供養になるのです。そうやって、どうにか憎しみを和らげてもらう。これもまた古くからある、呪いの苦痛を減らす術なのです」

ちなみに、カレンさんがなぜ今もまだ呪い除けの儀式をしているかというと、ヤバい呪いは薬で消しつつ、あまり命に別条はない呪いはあえて残しているのだという。

というのも、呪いというのはなかなか厄介なもので、全部消してしまうと呪い耐性もなくなって新しい呪いにかかりやすくなるのだとか。呪いに強い陰陽師になるには、少しの呪いは抱えておいた方がいいという……。

「未来君。草むしりをするのでしたら、この医療施設の裏庭がいいでしょう。あそこは鎮守の杜《もり》になっていて、この夏でもひんやりとしています」

「……うん。わかった」

僕は素直に頷いた。

草むしりくらいなら、今の自分でもできそうだと思った。

草むしりに必要な道具一式は、後日、文也先生が揃《そろ》えて持ってきてくれた。

カレンさんもよく病室に顔を出し、僕が呪い除けの儀式をサボっていないか、見にきてくれる。

僕はこんな風に、京都の医療施設ではカレンさんや文也先生に助けられながら、呪いの克服に励んでいた。

二人とも、とても親切で優しい。

僕のような人間が、こんな風に他人の手を借りながら生きている。

とてもありがたいことだ。贅沢《ぜいたく》なことだ。

だけど、どうしてだろう。心にまだ隙間風が忍び込んでくる。

僕はまだ、生きている実感を得られずにいた。

何のために生きているのかすら、よくわからずにいた。

ただただ、生かされているに過ぎなかった。


晩夏の夕方。

僕はいつものように、陰陽局の医療施設の裏にある鎮守の杜で、草むしりをしていた。

ここには小さなお社と鳥居があって、清らかな空気が流れていて、いつも静かだ。

この医療施設は京都の東側の山中にあるという。

一般人があまり来ない場所に立つ施設で、夏でも結構涼しいし、裏の鎮守の杜は、空気が澄んでいて心地よい。

草むしりは日々こなすべき儀式ではあるが、草むしりを黙々とこなしている間は心が落ち着いていて、僕は結構、好きだった。

「……ふう」

ひぐらしの鳴き声がする。

今日は何だか、いい匂いのする柔らかな風が吹いている。

この頃にはもう、呪いのせいで死にたくなるほどの頭痛に苛《さいな》まれることもなく、時々ズキンと痛むくらいだった。薬や儀式の効果を、僕自身も感じている。

そもそも、この医療施設にいる間は、あやかしにもほとんど出くわさない。

強力な結界に守られているというのもあるだろう。出入りできるのは、陰陽師の式神くらいで……

少し疲れたので、施設と中庭を繋《つな》ぐ階段に腰掛け、汗をタオルで拭って一休みしていた。

喉が渇いたな、とか思っていたら、

「きゃあああああ！」

階段の上の方から甲高い悲鳴が聞こえて、ハッと振り返った時には、僕は顔面から冷たい水を被《かぶ》っていた。水というより麦茶だ。氷入り。

「ああああああ！　ごめんなさい、ごめんなさい！」

「…………」

正直ひんやりとしていて気持ちよかった。だけど麦茶くさい。

慌てた様子で、知らない女の子が僕の元まで駆け下りてきて、ペコペコ頭を下げて謝っていた。

僕は、ただただずぶ濡《ぬ》れのまま、ポカンと口を半開きにしていた。

その女の子はどこかの学校の制服を着ていて、まっすぐ切りそろえた長い髪を、後ろで一つに結っている。

誰……？

「やあ、来栖君。麦茶も滴るいい男だね」

階段の上からカレンさんが僕たちの様子を見ていて、口元に手を当ててクスクスと笑っていた。

「……あの、カレンさん。この状況はいったい」

「ん？　君に盛大に麦茶をぶち撒《ま》けたその子は、浅間風子《あさまふうこ》君だ。風子君はこれから君のサポートをすることになる」

「僕の、サポート？」

何の？　ていうかどうして、僕に麦茶を？

「ごめんなさい、ごめんなさい。あたし……喉が渇いてるかなと思って、麦茶を作って持って行こうと思ったの。その、いつも、草むしりを頑張っているのを見ていたから……っ」

彼女は抱えていたやかんを階段において、慌ただしい様子でポケットを探っている。

どうやら階段を下りる際につまずいて、やかんの中身が全部僕に降りかかったようだ。

そんなこと、あるんだ……

「風子君は見ての通り天性のドジっ子ではあるが、治療系の陰陽術は天下一品だ。ここの医療施設を運営する、浅間家のお嬢さんなんだよ。何より、来栖君には合うと思う」

「……合う？」

何が何だかわからない。

僕は基本的には人見知りなので、困った顔をしたまま突っ立っていると、浅間風子という女の子が女の子らしいハンカチで、僕の濡れた髪やら頬を拭っていた。

そのハンカチでは、到底、拭いきれないとは思うけれど……

「あ、あの、えっと」

僕がジッと見下ろしていると、彼女は少し頬を赤らめ、

「浅間風子です！　よろしくお願いします！」

そしてまた、思い切り頭を下げたものだから、その額が僕のみぞおち付近に直撃した。

思いのほか痛かった。

「い……っ」

「あああああ！　ごめんなさい、ごめんなさい！　そんなつもりなかったのに！」

浅間風子という子は半べそをかきながら謝っているし、カレンさんは声を上げて笑っている。

「あっはっはっは！　出会ってすぐみぞおちに攻撃とは。面白い子だろう」

「………」

僕は軽くカレンさんを睨《にら》んだ。彼女は僕の睨みなんて軽くかわしてしまうけれど。

「ちなみに、君たちは来年から、陰陽学院の相棒同士だ。男女でパートナーを組む必要があるからね」

「え？」

「君たちは合うと思う。お互いのことをよく知り、意思疎通を図って、力を引き出し合ってくれ。以上！」

困惑した。盛大に困惑した。

知らない女の子と組むというのも、何だかすごく怖かったし、何よりこんな行動の読めない子が、常に側《そば》にいるなんて。

大きな不安が僕の中をグルグル渦巻いていた。

この子だって、僕のような元狩人《かりゅうど》の男と組むのは、嫌だろうに……

こうして、僕は浅間風子と出会った。

番外編【二】 未来、はじまりの風が吹く。

「こ、こんにちは！ 未来君《みらい》！」

「……どうも」

僕に麦茶をぶち撒けたその子は、あの日から毎日、僕の病室に来るようになった。

その腕には、おそらく僕に関する情報が載っているのであろう、分厚いファイルのようなものを抱えている。

浅間風子。

年齢は僕と同じ、十八歳。

小柄で華奢《きゃしゃ》で、どこか頼りなく落ち着きがないが、いつも僕の前では愛嬌《あいきょう》のある笑顔を保っている。可愛《かわい》らしく、女の子らしい雰囲気で、声のトーンがやや高い。

一言で言うのなら、虫も殺したことがなさそうな女の子だ。

「未来君、暑くない？」

「……別に」

「喉渇かない？ 今日はお昼をあまり食べていなかったけれど、お腹《なか》空いてない？」

「……別に」

今日も、夕方から草むしりに行こうと施設の裏庭に出たのだが……

風子は何かと僕を気にかけ、ちょこちょことついてきて、色々と話しかけてくる。だけど、僕はあまり愛想よく返事はできなかった。

僕は元々人見知りだし、口下手だ。

僕よりずっと大人びたカレンさんや文也《ふみや》先生、ギャーギャーと口煩《うるさ》い茜《あかね》であれば、彼らが勝手に話を進めてくれるので僕は話を聞いているだけで場がもつのだが……

正直、僕はこの子と二人きりになるのが苦手で、少し鬱陶《うっとう》しかった。

声が甲高く、頭にキンキン響きやすいというのもあるけれど、何より彼女の明るさや笑顔が苦手だった。

どうしてだろう。

彼女は確かに、一般的な退魔師より高い霊力を持っている。何かしら呪いを抱えている、妙な気配もある。

だけどその笑顔は屈託がなく、清らかな美しさを感じるから、僕のような汚い場所で育った日陰の人間は、少し、気圧《けお》されてしまうのだった。

彼女のような子であれば、他にパートナーになってくれる男はいるだろうに。

きっと、望んで、僕のパートナーになったわけではないのだと思う。

人聞きが良さそうだから、陰陽局《おんみょうきょく》やカレンさんに、僕の面倒を見るように言われているだけだ……

それなのにどうして、僕のような人間に向かって、そんな顔ができるのだろう。

「……っ」

ズキン、と激しい頭痛に襲われて、僕は裏庭で頭を抱えて立ち止まる。

ここ最近、呪いによる苦痛はほとんどなくなっていた。薬と儀式のおかげだ。

だけど時々、こうやって頭を割るような痛みが走ることがある。

昔はこれが、毎日毎日、長時間にわたって続いていたのだから、一瞬の痛みくらい何てことないだろう……

僕は自分にそう言い聞かせ、痛みに耐えていた。

「み、未来君、大丈夫⁉ 頭が痛いの？」

風子は僕の様子に気がついて、施設と裏庭を繋ぐ階段を駆け下りてきて、とても心配そうな顔をして僕を覗《のぞ》き込む。

彼女の大きな黒い瞳は、吸い込まれそうなほど深い色をしていて本当の感情が読めない。

そこに映る自分の姿は酷《ひど》く痩せていて、どうにも冴《さ》えない、頼りない眼鏡の男だ。

「待って。今、痛みを忘れる術をかけるから！」

そう言って、風子は自分の持っていたファイルをバッと開いた。

おそらく僕の呪いについて調べているのだろうが、その時、強い風が吹いてファイルの中身を巻き上げてしまった。

「ああああああっ！」

風子の絶叫が響く。彼女はいつも、やることなすこと空回る。

「いい。いい。僕のことは放っておいてくれ」

僕はズキズキと痛む頭を手で支え、風子から顔を背けた。

「風子。あんまり、僕に構わないでくれ」

「…………」

「君の声は、頭に響く」

冷たい、突き放し方をしてしまった。

だけど僕は、ここで出会った他の誰より、風子のことが苦手だった。

いつの間にか、勝手に決められたパートナー。

同年代の、か弱く思える女の子。

僕は自分が未熟であることを知っていたから、そういう子が、僕の側にいることを命じられているという状況が、とても不安で、心苦しかった。

その笑顔や優しさを、素直に受け入れることができずにいたのだ。

だが、あんなに冷たく突き放したのに、次の日も風子は僕の病室にやってきた。

「あの……こんにちは」

風子は息を潜めたような、ヒソヒソ声だった。

僕が昨日「君の声は、頭に響く」と言ってしまったからだろう。

「昨日はごめんなさい。大きな声を出してしまって。あたしの声、キンキンしていて、うるさいよね。よく言われるんだ」

そしてやっぱり、ヘラッと笑っている。

僕が気にしないために、あえてそうしてくれているとわかっていたのに、そんな健気《けなげ》な姿すら癇《かん》に障った。

僕の存在が、彼女の行動、表情や感情まで縛っているようで、それがとにかく嫌なのだ。

「どうして？」

「……え？」

「風子はどうして、僕の前で、ニコニコ笑っていられるの？」

抱えるファイルには、僕の過去が全て記されているはずだ。

こんなに醜い過去を持つ男を押し付けられ、更には僕のような人間に、自分の行動や声を否定されたのだ。

「君はそんなに、僕の機嫌を取らないといけないの？　それが君の仕事なの？」

「…………」

「君のような子なら、パートナーになってくれる男の退魔師は、他にたくさんいるだろう。僕でなくてもいいはずだ」

もっと頼り甲斐《がい》があって、しっかりしていて、余裕があって優しくできて、君のような子を引っ張ってくれる男が。

この時、一瞬だけ馨《かおる》のことを思い出してしまった。

僕と同じ顔をしているのに、僕と違って自分に自信があって、頼もしく格好いい。あれだけ強い真紀《まき》が、弱いところを見せ、心を許して、愛している男だ……

風子が何も言わないので、ハッとして顔を上げる。

風子は真顔のまま固まっていた。

「ふ、風子」

僕は少々焦った。他人の地雷を踏んだのがわかった。

「……あたしには、そんな人、いないよ」

風子はか細い声で囁《ささや》く。

徐々に口元を震わせて、目をパチパチとさせ、風子は俯《うつむ》いた。

「あたし。みんなに、気味悪がられているから……」

そのまま僕に背を向けて、風子は小走りで階段を駆け上がっていった。

風子が、みんなに気味悪がられている……？

彼女の発した予期せぬ言葉に、僕はしばらく呆然《ぼうぜん》としてしまった。

だけど、傷つけたことだけはわかって、それがとても申し訳なくなってきた。

今までも散々、そっけない態度を取ってきたのに、今更……

こんな僕に、信頼がものを言う退魔師のパートナーなんて、できっこない。


その日は、草むしり中も雑念が渦巻き、また、頭痛の余韻が長引いた。

気がつけば周囲が暗くなっていたので、僕はそろそろ病室に戻ろうかと、道具を持って引き上げた。

もし明日、風子に会えたら謝ろう。

謝って、カレンさんに、風子とはパートナーになれないと告げよう。

僕では彼女を傷つけてしまう。

それに風子も、僕のことはもう、嫌いになっただろう。

「風子、あなたわかってるの？」

その時だった。

女性たちの言い合う声がして、施設の廊下の曲がり角で思わず立ち止まる。

「来年はここから出て行ってもらうから」

恐る恐る顔を覗かせると、曲がり角を曲がった廊下の先に、風子と、年上の着物の女性が三人いて、物々しい雰囲気で向かい合っていた。

風子はただただ身を萎縮させ、小さくなっている。

「院長先生だってね、あんたのこと、本当は厄介払いしたいと思っているのよ」

「引き取り手がいなかったからって、化猿《ばけざる》の嫁を育てさせられて、本当にかわいそう」

化猿の……嫁？

「で、でもお義姉《ねえ》さん。あたし、ここを出て行ったら行くところがないの」

「は？」

「それに、あたしはここで、やらなければならないことが……っ！」

風子は身を乗り出して、何かを必死に訴えていたが、彼女が一歩迫ると、他の女性たちは「ヒッ」とか「やだ」とか声を上げ、慌てて後ずさった。

「ち、ちょっと。近寄らないでよ。汚らわしい……っ」

「あんたの近くにいるとね、猿の臭いが移るのよ！」

「…………」

鼻先を着物で押さえている人もいれば、風子を虫のように追い払おうとする人もいる。

「ほんと気味が悪い。どうしてカレン様はあんたみたいなのを来栖《くるす》様のパートナーに推薦したのかしら」

「でも、来栖様にも嫌われてるんでしょう？　あんたってほんと、誰にでも嫌悪感を抱かれるのね」

「霊力がある人間ほど、わかっちゃうのよ。こいつが〝汚れてる〟って」

会話の内容はあまり理解できなかったが、風子が罵倒されていることだけはわかった。

「行くところがないなら、いっそ、本当に化猿に嫁いだら？」

「…………」

「あなた、嫁不足のこの陰陽界で、許嫁《いいなずけ》がずっと決まらない余りものだし」

女たちは何がそんなに楽しいのか、クスクス、アハハと笑っている。

僕にはまるで理解できない。どうしてそんなに、他人を否定できるのか。

「……はい。ごめんなさい」

風子は散々酷い言葉で罵倒され、笑われていたのに、何一つ言い返すこともなく、眉尻を垂らして微笑《ほほえ》んでいた。

こんな時にも、やっぱり笑う。

そんな風子に、また、やるせない苛立《いらだ》ちを覚えた。

風子はそのまま、こちらに向かって小走りで駆けてくる。

曲がり角で、僕とばったりと出くわした時の彼女は、目を真っ赤にさせて、大粒の涙を溜《た》め込んでいた。

「…………」

「…………」

風子は僕と出くわしたことに、目を大きく見開いて驚いていたが、情けなさそうに顔を伏せ、何も言わずに、僕の横を通り過ぎていってしまった。

零《こぼ》れ落ちた彼女の涙だけを見送った。

その日から、風子は僕の元へは来なくなった。


「やあ。来栖君。今日も草むしりに精が出るね」

「……カレンさん」

風子が僕の元に来なくなって、一週間が経《た》った頃。

カレンさんが久々に顔を出し、施設の裏庭で草むしりをしていた僕に声をかけた。

「君のおかげで、この辺も随分綺麗《きれい》になった。次はいっそ、花か野菜でも植えてみれば？」

「…………」

「どうしたの？　いつも以上に無口だね」

「あの、カレンさん。風子は……その、元気ですか？」

僕は最初に、風子について尋ねた。

カレンさんは、僕が風子について尋ねたことが意外だったのか、少しキョトンとした顔をしていた。そして顎に手を添えて「うーん」と唸《うな》る。

「どうかな。最近は少し元気ないかも」

「…………」

「来栖君は、風子君のことはあまりお気に召さなかったようだね。まあでも仕方がないね。退魔師のパートナーの相性は重要だし」

「いや、そんなわけじゃ」

僕は首を振った。

だけど、そう思われても仕方がないかもしれない。

実際に僕は、風子のことを苦手だと思っていた。

風子のことを、何も知らずに……。

「あの、カレンさん。風子はいったい、何者なんですか？」

僕は、先週の風子の一件をカレンさんに話した。

あの日から、風子のことばかり考えてしまうのだ。

もしかしたら、僕はとんでもない思い違いをしていたのではないだろうか。

僕は彼女のことを、ちゃんと、知らなければならない気がする。

風子の零した涙を、忘れられない。

「風子君はあまり知られたくないと思っているけど、君は風子のことを知りたい?」

そう言われると少し怯《ひる》んでしまうが、僕は頷《うなず》いた。

秋の気配を帯びた風が吹いている。

カレンさんは視線を上げて、夕方の空を見つめながら、ゆっくりと語り始める。

「風子君はね、ちょっと変わった生い立ちを持っている。彼女は赤子の頃、比叡山《ひえいざん》の山奥で、陰陽局の退魔師に保護されてこの施設にやってきたんだよ」

「……山奥で、保護?」

「ああ。彼女はね……陰陽局の調伏対象だった〝化猿〟によって攫われた赤子だったんだ」

「…………」

攫《さら》われた……赤子?

「どこで生まれたのか、どうやってあやかしに攫われたのか、両親は誰なのか……それは今もわからない。ただ、化猿の住処《すみか》から保護した赤子には、見鬼の才と豊富な霊力があった。我々と同じだ。そして彼女にはすでに、化猿のあやかしの妖印が刻まれていた。一種の呪いではあるが身体《からだ》に苦痛を与えるものではなく、自分の所有物に刻む、妖怪どものマーキングのようなものだね」

「…………」

絶句する僕を見て、カレンさんは話を続けた。

化猿のあやかしは、霊力の高い娘を攫って年頃まで大切に育てて、自らの花嫁にしようとする習性があるという。そういう伝承も数多く存在する。

現代では、陰陽局があやかしたちの行動を監視、管理している。あやかしが人に害を与えるような行動に出ると、すぐに退魔師や陰陽師が動き、粛清されるのだ。

それがたとえ本能や習性によるものであっても、あやかしたちは粛清を恐れて、このような行動に出ることは少ない。しかし今でも時々、本能に逆らえなかったあやかしたちが、こういう事件を起こすことがあるというのだった。

「この施設の浅間院長が、風子君を養子にして育ててくれたけれど、他の浅間家の者たちは風子君を毛嫌いし、見下している。君が見た三姉妹なんかがそうだね。風子君はとても良《い》い子で優秀なのに、出自もわからず、化猿に攫われた過去があるせいで……」

そのせいで、風子は同じ霊能力者たちからも、理不尽な差別を受けてきたという。

「他の退魔師や陰陽師も、彼女を汚らわしいものでも見るような目で見ているんだ。陰で、化猿の嫁、なんて呼ぶ者もいるね」

その妖印は、浄呪の薬を使って薄めることはできても、全てを消し去ることはできなかったという。一番厄介なのは、人々に与えた悪印象を、今後二度と拭えないという点だ。

やっと理解した。

あの時、彼女が一方的に言われていた、暴言の意味。

「そんな過去があるのに、どうして、笑顔でいられたんだろう」

僕なんかの前で、どうして……

「それは多分、嬉《うれ》しかったからだよ。来栖君というパートナーができて」

「……え?」

僕は思わず顔を上げた。予想外な言葉だった。

「嬉しかったから、君に嫌われたくなかったんだよ。一生懸命すぎて空回っていたから、君には違和感があったのかもしれないけどね。だけど、風子君も必死だったんだ」

落ち着きがなく、おっちょこちょいでドジなのは、彼女が人との関わりに緊張しているからだと、カレンさんは言った。

いつも笑顔でいるのは、他人にこれ以上、嫌われたくないからだ、と……

「彼女はね、ずっと誰にも選んでもらえなかった。本当の家族もいないし、陰陽学院でパートナーになってくれる人もいない。彼女はその生い立ちのせいで、この手の界隈《かいわい》の人間たちから嫌悪感を抱かれやすい。更には化猿に刻まれた妖印のせいで、今も化猿どもから狙われることがある。結界の外にいる時は、常に周囲を警戒していなければならない」

カレンさんは、改めて僕を見つめる。

じっと、真剣な目で。

「君たちは合うと思う。私がそう言ったのを覚えているかい？　来栖君」

「……はい」

僕は頷いた。カレンさんのその言葉は、疑問とともによく覚えていた。

「風子君には君の前世も、君の生い立ちや過去のことも、全てを話している。それを聞いて、風子君は何と言ったと思う？」

僕は首を振る。

「もう痛い思いはさせたくない、と言って泣いたんだよ」

「…………」

「風子君は君の傷を癒《いや》すことができると思ったし、君は風子君を守ってくれると思った。君たちの過去は少し似ている。私の見立ては……間違っていたかな？」

僕はグッと目元に力を込めて、ゆっくりと拳を握りしめた。

自分の愚かさに、いつも失望してしまう。

どうして僕は、僕と似た孤独や苦しみを知っていた女の子を、あんな風に遠ざけてしまったんだろう。彼女の心の痛みを、今ならば、嫌というほど理解できるのに。

「あの、風子は今どこに？」

「ん？　風子君は裏山で滝に打たれているよ。それが彼女の儀式だから……って、あ」

僕は走り出していた。カレンさんが後ろから何か叫んでいたけれど、できるだけ早く風子に会って、謝りたいと思っていた。

僕はバカだ。いつも自分のことばかりだ。

自分以外の人間が、みんな幸せで恵まれていると思っている。

自分が一番不幸で、誰より傷だらけだと思っている。

そんなことはない。

僕はまだ、何も知らない。

風子のことも、この広い世界のことも。

施設の裏山の少し奥に入ったところに、浅い滝壺《つぼ》がある。

よく陰陽局の人間たちの滝行に使われるらしく、僕もお清めのために何度かやらされたことがあった。

「………」

そこには白い行衣に身を包み、手を合わせて細い滝に打たれる風子の姿があった。

いつもの風子とは違って、真面目な顔つきで目を閉じ、滝行に励んでいる。

だが、滝に打たれる風子の姿は、日々、心ない言葉を浴びせられ、周囲から蔑まれていても、ひたすら耐える彼女の姿そのものだった。

強い風が吹き抜けた時、風子は僕に気がついた。

「み、未来君……？」

風子はハッとして、滝から少し外れて僕に背を向けた。

僕も慌てて視線を逸《そ》らす。

薄い行衣が濡《ぬ》れた体に張り付いて、風子は目のやり場に困る姿になっていた。

「ご、ごめん……っ。風子がここにいるって聞いて、僕、何も考えずに来てしまった」

カレンさんが僕の背に向かって何か言っていたのは、このことだったのかもしれない。

「う、ううん。いいの」

風子は濡れた姿のまま、少し震えていた。

きっととても寒いのだろうと思い、そこの木の枝にかけられていたバスタオルを持って、僕は水に入る。そして背を向けたままの風子の肩に、バスタオルをかけた。

「その。……これが風子の、呪い除《よ》けの儀式なの？」

風子は、自分の生い立ちが僕に知られたことを悟ったようで、肩にかけられたバスタオルを、ぎゅっと胸に引き寄せながら、

「あ、あたし……汚いから」

消え入りそうな声で、ボソッと呟《つぶや》いた。

彼女が自分で断言した〝汚い〟という言葉が、僕にはショックだった。

「こうやって、毎日体を清めないと……化猿の妖印の臭いを隠しきれないの。霊力のある人間ほど、あたしに嫌悪感を抱いてしまうから」

それを聞いて、ズキンと、胸が痛んだ。

彼女の小さな背中が、酷《ひど》く寂しく、弱々しく見える。

風子はきっと、この妖印のせいで、僕が冷たく当たったと思っているのだろう。

僕は決して、風子を〝汚い〟なんて、思ったわけではない。

変わった呪いの気配がするとは思っていたが、こういうことだったとは……

「ごめん」

僕はひたすら謝った。

「ごめん……っ、僕は風子のこと何も知らなかったのに、酷い態度を取ってしまった。風子は全く悪くない。嫌いになったわけじゃないんだ！」

全部、僕自身の焦りや、自信のなさが招いた……八つ当たりのようなものだった。

僕はまだ、殻にこもって、狭い世界で生きている。

世界には色々な事情を抱えている人がいることを、想像できずにいる。

風子に出会って、未知なるものに触れる恐怖を、潜在的に感じ取った。

彼女の笑顔や僕に対する優しさが、とても甘く、汚れのないものに思えて、僕のような人間が近寄ってはいけないような気がしていた。

そう言う自分が、ひたすら未熟で情けない。

だけど、こんな僕でも、これだけは断言できる。

「風子。君は汚くなんかない」

「………」

「君の笑顔が、清らかで美しいと思ったから、僕は君を避けたんだ」

勝手に、虫も殺したことのないような女の子だと思い込んだ。

恵まれた環境で育った、僕とは真逆の女の子なんだと……

事情を一つも知らずにいたら、そう思ってしまうくらい、彼女の笑顔が眩《まぶ》しかった。

彼女が汚らわしい存在になってしまうというのなら、僕なんて……

僕なんて……

「僕の方がずっと、ずっと汚れている。風子も知っていると思うけど、僕は多くのあやかしを殺してきた。人間を手にかけたことだってあるんだ……っ」

あの戦いが終わり、ここに来て、穏やかな日々の中で忘れかけていた自分の過去。

忘れかけていたのではなく、思い出したくなかっただけだ。

誰もが僕の、膨大な呪いの負担を減らそうと頑張ってくれているけれど、僕はこの呪いを背負うだけの罪を犯した人間だ。

僕の場合は自業自得で、みんなに優しくしてもらう権利なんて、本当はない。

「嫌悪感なら、僕は僕自身に抱いている。僕は僕が、心底嫌いだ……っ」

風子に謝っていたはずなのに、感極まって、自分の心の弱い部分を吐き出していた。

こういうところが本当にダメだ。

だが、風子は僕の言葉を聞いて、ゆっくりと振り返る。

「未来君……」

そして、身長差のある僕の顔を覗《のぞ》き込む。

その黒く大きな瞳が、僕の情けない顔を映し込んでいる。

「そんなこと言わないで。あたし、未来君のね……」

そう、風子が何か言いかけた時だった。

「!?」

滝の上から何かがズシンと落ちてきて、後ろから風子に摑《つか》みかかった。

「きゃああっ！」

るのだった。

巨大な茶色のケダモノが、その長い手で風子の体を鷲掴《わしづか》みにして、高々と持ち上げてい

「風子！」

一瞬の出来事で、僕も風子も反応が遅れた。

この僕が、あやかしの気配に気づかないなんて――

「未来君、上！」

風子の声にハッとして顔を上げたら、そこには全身毛に覆われた二足歩行の獣が数え切れないほどいて、不気味な視線でこちらを見下ろしている。

顔に木彫りの面を被《かぶ》り、異様な長さの腕を持つ、異形の存在だ。

「ば、化猿……っ」

風子が震える声でそう言った。

どうして化猿がこんなところにいるんだ。

この施設は厳重な結界で守られているはずだが、何かの拍子で、施設の結界に裂け目でもできたと言うのだろうか。

きっと、化猿は風子の妖印の臭いを辿《たど》ってここに来たのだろう。風子は今も、結界の外だと山猿のあやかしに狙われやすいとカレンさんは言っていた。

化猿たちはギイギイと鳴いて、僕のことは気にせず風子ばかりを気にかけている。

このままだと、風子は幼い頃と同じように、化猿に攫《さら》われてしまう。

僕は歯を食いしばり、忘れかけていたあやかしへの殺気を、解き放つ。

「!?」

空気が変わり、水面がピンと張り詰める。

化猿たちも一瞬で怯《ひる》んだ。僕の霊力は、あやかしにとって天敵の匂いがするはずだ。

その隙に、僕は化猿の腕から風子を救出し、すでに自分の腕に抱きかかえていた。

「……え？　え？」

化猿も、風子も、一瞬のことで状況を理解できていなかった。

「ギ、ギ、ギイイイィィィイエエエエ————ッ!!」

風子を奪い返された化猿が、僕の霊力によってねじ曲げられた長い腕を振るって周囲の木々をなぎ倒し、耳障りな雄叫《おたけ》びを上げている。

おそらくこいつが、群れのボス。

奴は滝の上にいる下っ端たちに命じ、一斉に僕にけしかける。

僕は風子を抱えたまま、義足にためた霊力によって滝壺の水を蹴り、素早く山猿の攻撃を回避した。そして、安全そうな岸辺に風子を下ろす。

「風子。ここで待ってて」

「未来君!?　戦ったらダメだよ、武器もないのに！　この辺の化猿はとても強いんだよ！」

「……大丈夫」

僕は自分の眼鏡を取って、それを風子に預けて、約束した。

「僕が絶対に、守るよ」

風子はその大きな黒い目を、一層大きくさせた。

彼女は濡れた行衣の腹回りに、赤い血を滲《にじ》ませている。キツく化猿によって握りしめられていたせいで、爪が彼女の体を傷つけたのだろう。

ここ数ヶ月の間、僕はあやかしに遭遇することも、それを狩ることもなく過ごしていた。

まるで息を潜めるようにして生きてきた。

だが、感覚が鈍ることなんてない。

ああ……そうだ。思い出した。

僕はかつて、毎日のようにあやかしを狩っていた。

こいつらは敵だ――

それを意識し、敵を強く睨《にら》みつけた瞬間、ドーンと雷が落ちたような衝撃が一帯に走り、強い稲光と共に、雷鳴が轟《とどろ》く。

　僕の霊力が電流のように迸《ほとばし》っている。

　バルト・メローが、僕のために作った忌々しい義足が、僕の霊力を注ぎ込まれてバチバチと音を立てて鳴いている。

　僕からすれば、こんな化猿は敵ではない。以前は命令されるがままに、あやかしの命を狩ったが、今の僕には守るべきものがあった。

　風子を、奪われるわけにはいかなかった。

「……凄《すご》い……」

　勝負は一瞬で片がついた。

　刀のような武器がなくても、あやかし殺しに特化した僕の霊力は、刃のような鋭さを得る。それは稲妻のごとき速さで、風子に向かって手を伸ばす化猿たちの長い腕を、あっという間に切り落としたのだった。

　腕を切り落とされた山猿の返り血を浴び、清らかな滝壺《たきつぼ》が赤く染まる。

　怪我《けが》を負った化猿たちは、僕との力の差を感じ取り、怯《おび》えて逃げ帰った。

　逃がさない。逃がさない。

　奴らはまた、絶対に風子を狙う。一匹残らず殺してやる。

　そう思って、一歩踏み出した時だった。

「待って、未来君……っ！」

背中にしがみつく風子によって、僕は引き止められた。

「もう大丈夫。もう、大丈夫だから」

「あいつらは殺してしまわないと、また風子が狙われる」

僕の声は、かつての狩人《かりゅうど》時代のように低く、淡々としていた。

だが風子は首を振る。

「ううん。大丈夫。大丈夫だよ……未来君」

「…………」

風子が僕の背を優しく撫《な》でていた。

僕は次第に、殺気立っていた霊力を鎮めていく。

最初は苦手だと思っていた風子の声が、そうさせたのだ。

知らないうちに、僕は額や頬から血を流していたみたいで、風子が僕の前に回り込み、傷を確かめていた。

敵に負わされた傷ではなく、久々に使った自分の力が、跳ね返ってできた傷のようだ。

僕にとっては大した傷ではないのだが、風子はその指で傷に触れ、呪文を囁《ささや》いていた。

すると、僕の傷は、瞬く間に消えてなくなった。

治癒系の陰陽術というやつだろうか。

消えてやっと、ああ、ちゃんと痛かったんだ……ということに気がついたのだった。

「あ、ありがとう。未来君」

僕がお礼を言う前に、風子が僕に向かって頭を下げた。

「え……？」

「あたしの力じゃ、あんな数の化猿を相手にできなかった。未来君がいなかったら、あたし……」

風子は今になって、怖い思いが込み上げてきたのだろうか。

小刻みに震えながら、ポロッと涙を零《こぼ》す。

「未来君がいてくれて……よかった……っ」

その一言に、僕は静かな衝動を得る。

生まれて来るべきじゃなかった。散々、そう言われてきた。

僕はそういう人間だと、思っていたのに……

「あのね。あたし、さっき言いかけたことがあったでしょう？」

「……うん」

化猿に襲われる直前、確かに風子は、何かを言いかけていた。

風子は、僕が預けていた眼鏡を、胸元で大事そうに抱きしめながら、言いかけた言葉の続きを語る。

「あの時、あたし、未来君の名前が好きだって……言おうとしていたの」

「…………」

「初めて未来君の名前を聞いた時、ドクンと胸が高鳴った。きっと、この人はあたしの未来を変えてくれるって……っ」

彼女は目の端に涙を溜《た》めたまま、僕を見上げて、キラキラと眩《まぶ》しい笑みを浮かべた。

「守ってくれて、ありがとう。未来君……っ」

風子の笑顔を見て、僕は凄く泣きたくなった。

僕はやっと、それは僕自身が、守っていくべきものなのだと自覚したのだ。

こんなに美しく、尊いと思えるものもない。何ものにも代えがたい宝物だ、と……

そして僕は、静かに思い出していた。

死にたいと願っていた僕を、生に繋《つな》ぎ止めた、とある少女の言葉を。

『生きてさえいれば、あなたはまだ見ぬ大切な人に、きっと出会える。生きていてよかったと、思える日がくる……っ』

そっか。

そうかもしれないね、真紀。
あの時死んでいたら、僕はこの子に出会うこともなかった。
あの時死んでいたら、今この瞬間、風子を守ることもできなかったんだ。

夏の終わりの風が吹く。
だけどそれは、新しい物語の〝一ページ目〟を捲《めく》った、はじまりの風。
生きていてよかった。
生まれてきてよかった。
僕の人生は、まだまだ、これからだったから。
風子という女の子を、ひとりぼっちになんて、できないから。
僕が心からそう思えるようになるのは、そう遠くない、未来のこと――

あとがき

こんにちは。友麻碧《ゆうまみどり》です。

とうとうこの日がやってきてしまいました。

『浅草鬼嫁日記』シリーズ、これにて本編完結となります。

もともと全十巻というキリのいい巻数で終わる予定だったのですが、思いのほか最後のお話が長くなりまして、上下巻となり全十一巻となりました。どうしても最終決戦のその後をじっくり書きたかったんですね。

千年の因縁……過去に振り回された者たちが、未来を見据えて様々な選択をしていく、という部分が、この作品には大切なのではと思いました。

真紀《まき》と馨《かおる》。

茨姫《いばらひめ》と酒呑童子《しゅてんどうじ》。

どちらも主人公であり、ヒロインでありヒーローでした。

真紀ちゃんは友麻の憧れで、馨くんは理想の旦那様でした。

あやかし夫婦は幸せになりたい。

このタイトルから始まり、様々なキャラクターの視点、過去回想を交えて、千年にわたる恋と嘘《うそ》、因縁を描いていきました。

なかなかもう、今後このような作品は友麻には書けないのでは……と思っているくらい、奇跡的に企画が通り、奇跡的に続いて、奇跡的に多くの読者の方々に楽しんでもらえた、そんなシリーズです。この作品は、友麻にしか書けなかったと自負しております。

さて。

物語は終わらせるために書き始めるのである、という謎のモットーを別作品のあとがきで書いた気がするのですが、友麻は物語を終わらせる時の勢いや爽快感、達成感や、キャラクターたちを見送る切なさが大好きです。

しかしこの作品は、書き終えた後の喪失感が凄《すご》くて、ガクッと気持ちが落ち込んでしばらく陰鬱となってしまいました……

そういう意味で、友麻にとっても非常に特別なシリーズだったのだろうなと思っています。しばらくこのような物語は書けないだろう……というのを何となくわかっているからこそ、寂しい気持ちでいっぱいなのかな、と。

友麻は複数シリーズを抱えておりますが、この作品でしか表現できない主人公像、ヒーロー像、様々なキャラクターとの関係性、コミカルな会話の掛け合い、物語というものがありました。友麻の執筆の幅を広げてくれた作品だと思っています。

特に来栖《くるす》未来《みらい》というキャラクターは、シリーズ中盤に、それこそ雷に打たれたような突然の閃《ひらめ》きで生まれたキャラだったのですが、まあこの先、なかなかこのようなキャラは友麻の中から生まれないのでは……というくらい、設定面でも性格面でも、特別に思っております。

未来のために。という最終サブタイトルも色々な意味を含んではおりますが、このキャラクターがいたからこそ思いついたようなものです。ベストなサブタイトルをつけられたと思っています。

やりきった、という感情もありつつ、完結巻執筆後はしばらく謎に鬱々としておりましたが、一週間くらいで少しずつ立ち直りはじめ、真紀ちゃんたちも未来に向かって歩み始めたのだから、友麻も未来に向かって頑張らねばという気持ちになりました。今は色々とやる気に満ちています。

友麻は『かくりよの宿飯』『浅草鬼嫁日記』『鳥居の向こうは、知らない世界でした。』の三シリーズを、友麻碧の《シーズン1》などと言っておりますが、この浅草鬼嫁日記の完結によって《シーズン1》も無事完走となりました。

ここから先は、友麻碧《シーズン2》の作品たちがメインの執筆となります。

富士見L文庫様の『メイデーア転生物語』。

講談社タイガ様の『水無月家《みなづき》の許嫁《いいなずけ》』。

こちらの二シリーズですね。小説は主にこの二作品なのですが、友麻も将来的なことを見据えて、小説以外のお仕事というのを少しずつ頑張り始めております。

そのうちにご報告できたらと思いますので、友麻碧の《シーズン2》と共に、ぜひ注目していただけましたら嬉《うれ》しいです。


宣伝コーナーです。

こちら『浅草鬼嫁日記』第十一巻と共に、講談社タイガ様の『水無月家の許嫁』第二巻も同日発売しております。未来君が主役の番外編がありましたが、あの中で出てきた水無月文也《ふみや》君はこちらのシリーズのメインヒーローだったりします。土御門《つちみかど》カレンさんもまた、水無月家シリーズにも出てくるキャラクターです。

水無月家はそもそも京都陰陽局《おんみょうきょく》に所属している一族なので、浅草鬼嫁日記とも繋がっている『水無月家の許嫁』シリーズ、ぜひぜひチェックしていただけますと幸いです。

また、浅草鬼嫁日記には色々なコミカライズ版が存在します。

藤丸豆ノ介《ふじまるまめのすけ》先生の描く『浅草鬼嫁日記』はこちら。
・あやかし夫婦は今世こそ幸せになりたい。全6巻。

・あやかし夫婦は君の名前をまだ知らない。既刊2巻。シリーズ刊行中。
鳴原千先生《なきはらせん》の描く馨視点の『浅草鬼嫁日記』はこちら。
・天酒馨《あまさけ》は前世の嫁と平穏に暮らしたい。全2巻。
どちらもとても素敵なコミカライズですので、浅草鬼嫁日記の世界をコミックスで楽しみたいという方は、ぜひぜひ読んでみてください。


担当編集様。

こちらのシリーズ、立ち上げこそ前編集様なのですが、二巻以降は現編集様と一緒に作ったので、ほぼほぼ現編集様に育てていただいたと思っております。

毎度のごとくスケジュールの調整でお手数おかけしておりますが、いつもスマートな対応で友麻の執筆や刊行を支えていただき感謝ばかりです。今回は浅草鬼嫁日記のグッズも作って頂き、講談社さんとも連携して頂き、ラストスパートを盛り上げて頂き本当にありがとうございました。

イラストレーターのあやとき様。

上下巻ともに、内容を象徴する素敵なイラストをありがとうございました。何より、長い間本当にお疲れ様でした。あやとき先生に浅草鬼嫁日記のイラストを担当していただけとても幸せでした。このシリーズの重要な部分を支えていただいたと思っております。あやとき先生の目を惹《ひ》くキャラクターデザイン、華やかな表紙があってこその、浅草鬼嫁日記でした。

そして、読者の皆様。

一風変わった作品ではありましたが、ずっと支えていただき本当にありがとうございます。多くの読者様が楽しんでくれたおかげで、友麻はこのシリーズを最後まで書き上げることができました。本編は完結いたしましたが、いつか番外編として京都の陰陽学院の様子など書きたいと思っております。どうか気長に待っていただけますと幸いです。

カクヨムでの公式連載期間も合わせ、約七年もの間、本当にお世話になりました。

またどこかで浅草鬼嫁日記の読者の皆様に物語をお届けできるよう、友麻も作品づくりを頑張ってまいります。

未来のために。未来のために。

友麻碧

お便りはこちらまで

〒一〇二―八一七七
富士見L文庫編集部　気付
友麻碧（様）宛
あやとき（様）宛

富士見L文庫

浅草《あさくさ》鬼《おに》嫁《よめ》日《にっ》記《き》　十一

あやかし夫《ふう》婦《ふ》は未《み》来《らい》のために。（下）

友《ゆう》麻《ま》 碧《みどり》

2022年11月15日　初版発行

発行者　山下直久
発　行　株式会社 KADOKAWA
〒102-8177　東京都千代田区富士見2-13-3
電話　0570-002-301（ナビダイヤル）

印刷所　株式会社暁印刷
製本所　本間製本株式会社
装丁者　西村弘美

定価はカバーに表示してあります。　◇◇◇

●お問い合わせ
https://www.kadokawa.co.jp/（「お問い合わせ」へお進みください）
※内容によっては、お答えできない場合があります。
※サポートは日本国内のみとさせていただきます。
※Japanese text only

ISBN 978-4-04-074712-5 C0193